ASSIS BRASIL

Ilustrações

CRIS & JEAN

# YAKIMA
## O MENINO-ONÇA

Recomendado pela Fundação Nacional do Livro Infantil e Juvenil.
Selecionado para o Programa Nacional Salas de Leitura / Bibliotecas Escolares e pela Secretaria de Educação e Cultura de Vitória — ES

Coleção Jabuti Aventura



Editora Saraiva

**Editora Saraiva**

Av. Marquês de São Vicente, 1697
CEP 01139-904 – Barra Funda – São Paulo-SP
Tel.: PABX (0**11) 3613-3000
Fax: (0**11) 3611-3308
Televendas: (0**11) 3613-3344
Fax Vendas: (0**11) 3611-3268
Atendimento ao Professor: (0**11) 3613-3030
Endereço Internet: www.editorasaraiva.com.br
E-mail: atendprof.didatico@editorasaraiva.com.br

**Revendedores Autorizados**

**Aracaju:** (0**79) 3211-8266/3211-6981/3213-7736
**Bauru:** (0**14) 3234-5643/3234/7401
**Belém:** (0**91) 3222-9034/3224-9038
**Belo Horizonte:** (0**31) 3429-8300
**Brasília:** (0**61) 344-2920/344-2951/344-1709
**Campinas:** (0**19) 3243-8004/3243-8259
**Campo Grande:** (0**67) 382-3682/382-0112
**Cuiabá:** (0**65) 623-5073/623-5304
**Curitiba:** (0**41) 3332-4894
**Florianópolis:** (0**48) 244-2748/248-6796
**Fortaleza:** (0**85) 3238-2323/3238-1331
**Goiânia:** (0**62) 225-2882/212-2806/224-3016
**Imperatriz:** (0**99) 524-0032
**João Pessoa:** (0**83) 241-7085/241-3388/222-4803
**Macapá:** (0**96) 223-0706/223-0715
**Maceió:** (0**82) 302-1680/302-1681/302-1679
**Manaus:** (0**92) 633-4227/633-4782
**Natal:** (0**84) 611-0627/211-0790/222-1158
**Porto Alegre:** (0**51) 3343-1467/3343-7563
3343-2986/3343-7469
**Porto Velho:** (0**69) 223-2383/221-0019/221-2915
**Recife:** (0**81) 3421-4246/3421-4510
**Ribeirão Preto:** (0**16) 610-5843/610-8284
**Rio Branco:** (0**68) 3224-0803/3224-0806/3224-0798
**Rio de Janeiro:** (0**21) 2577-9494/2577-8867
2577-9565
**Salvador:** (0**71) 3381-5854/3381-5895/3381-0959
**Santarém:** (0**93) 3523-6016/3523-5055
**São José do Rio Preto:** (0**17) 227-3819
227-0982/227-5249
**São José dos Campos:** (0**12) 3921-0732
**São Luís:** (0**98) 3243-0353
**Teresina:** (0**86) 221-3998/226-1956/226-1125
**Tocantins:** (0**63) 225-1736
**Uberlândia:** (0**34) 3213-5158/3213-6555/3213-4966
**Vitória:** (0**27) 3137-2595/3137-2589/3137-2566
3137-2567/3137-2560



*Editor*: EGBERTO DA COSTA GAIA
*Assistente editorial*: CLAUDIA ABELING-SZABO
*Suplemento de trabalho*: MARIA APARECIDA SPIRANDELLI
*Preparação de texto*: CARMEM TERESA SIMÕES COSTA
*Coordenação de revisão*: LIVIA MARIA GIORGIO
*Gerência de arte*: NAIR DE MEDEIROS BARBOSA
*Projeto gráfico*: ZIG-ZAG
*Supervisão de arte*: JOÃO BATISTA RIBEIRO FILHO

**Dados Internacionais de Catalogação na Publicação (CIP)**
**(Câmara Brasileira do Livro, SP, Brasil)**

Brasil, Francisco de Assis Almeida
Yakima, o menino-onça / Assis Brasil ; ilustrações Cris e Jean. — São Paulo : Saraiva, 1997. — (Jabuti)
ISBN 85-02-01509-5
1. Literatura infanto-juvenil I. Cris. II. Jean. III. Título. IV. Série.

96-5176 CDD-028.5

**Índices para catálogo sistemático:**

1. Literatura infanto-juvenil 028.5
2. Literatura juvenil 028.5

| 2009 | 2008 | 2007 | 2006 | 2005 |
|---|---|---|---|---|
| 11 | 10 | 9 | 8 | 7 |

# 1

Eu e Doutor Quizila, velho amigo, companheiro de muitas viagens, tínhamos nos transformado, sem querer e de repente, em profissionais da floresta — caçadores de onça, guias, perseguidores de jagunços e até meio detetives, por via de trabalhos os mais diversos e estranhos que nos apareciam.

Agora, por exemplo, mais uma vez de volta a Cuiabá, e hospedados na velha Pensão Narciso, fomos contratados por um fazendeiro rico para descobrir o paradeiro do seu filho mais velho, com a idade entre treze e catorze anos.

Fomos para a região de Diamantino, perto do rio Juruena, subindo na direção norte, onde o coronel Torquato tinha uma enorme fazenda. Homem muito rico e poderoso, viu-se de repente sem o filho primogênito, seu herdeiro natural, a mulher quase enlouquecendo com a falta do menino.

A história do desaparecimento era complicada e meio estranha. Eu e Doutor Quizila tivemos de fazer muitas perguntas ao coronel, para melhor nos orientarmos em relação ao caso. A mulher dele, dona Idalina, interferia a todo momento na conversa, chorosa e sempre acusando o marido pelo sumiço do filho.

— Foi essa mania do Torquato querer que nosso filho se tornasse grande caçador e conhecedor da floresta.

— Simplesmente ensinei a ele como sobreviver numa região ruim, perigosa — explicou o fazendeiro.

— E nosso filho sobreviveu por acaso? — insistia a mulher.

O que ficamos sabendo: que o coronel saía todos os dias com o filho, pela manhã, para a floresta. Reconhecido como grande atirador, ensinava ao menino a sua arte de caçador exímio, ao mesmo tempo que lhe mostrava os perigos da mata.

— Eu queria que ele aprendesse tudo — disse o fazendeiro. — Desde montar a cavalo a aboiar um rebanho. Ainda menino participou de uma vaquejada e de uma caçada a onça que estava matando meu gado. Jonas aprendia tudo depressa e era corajoso. Já lia, e bem, os rastos de bichos e gente na floresta.

Então os dois saíram, a pé, naquela manhã, sempre com recomendação e muita apreensão da mulher do coronel. E se internaram na mata. Jonas descobriu os rastos de um queixada e resolveu segui-lo. O fazendeiro mais atrás, já deixando tudo por conta do menino.

— Já estava na hora dele sair da casca do ovo — disse o coronel — e tomar suas próprias decisões.

Jonas apreciava a vida silvestre e já conhecia todo tipo de árvore e de bicho, com a vantagem de saber para que serviam ervas e raízes. Bom aprendiz, a sua pontaria também se desenvolveu, além de manejar uma peixeira como ninguém.

— Tinha o dom de usar a arma branca — falou o coronel com certo orgulho. — Destripava um animal e lhe tirava o couro como um mestre.

— E de que adiantou tudo isso? — choramingou novamente dona Idalina. — Eu queria era meu filho, aqui comigo, mesmo se fosse pra fazer tricô. Agora... está perdido ou morto.

No alpendre da casa da fazenda, ouvíamos o coronel Torquato, a mulher agarrada no braço dele, sentada ao lado — enquanto o fazendeiro elogiava as qualidades do filho, a mãe do menino se lamentava e culpava o marido.

Então, de repente, por um momento em que o pai perdeu de vista o pequeno caçador, este desapareceu na floresta. Contou o coronel que gritou até ficar rouco e, quase desesperado, entrou em tudo quanto foi caverna e buraco na mata. Voltou à fazenda e reuniu seus peões e jagunços para uma procura pelas redondezas.

— Nada. Sumiço total — comentou o coronel. — Jonas sumiu como se tivesse sido tragado pela terra ou engolido por algum monstro. Mas não encontramos rasto algum. A pista daquele queixada acabava num córrego e as pisadas do meu filho desapareciam muito antes da margem do igarapé.

— E quanto tempo tem isso, coronel? — perguntei.

— Já tem mais de dois anos. Mais de dois anos.

— Parece uma eternidade... — disse dona Idalina.

— Fiz o possível e o impossível pra descobrir o paradeiro do meu filho Jonas. Como aquele personagem da Bíblia, ele acabou sendo engolido por esta imensa baleia verde da Amazônia.

E ele explicou mais detalhes da sua própria caçada ao filho. Numa busca frenética de mais um mês pelos arredores, fora perdendo as esperanças, desiludindo-se. Não fosse pela mulher e já teria desistido. Mas salientava um aspecto importante de todo o acontecimento: Jonas era já um rapazinho cheio de expedientes, com iniciativa, discernimento, só faltava um pouco mais para largar a saia da mãe.

Era assim que o coronel queria o filho: independente, intrépido, com iniciativa própria, corajoso mas não temerário. Afinal, ele herdaria o seu império de fazendas do Mato Grosso e para isso estava sendo meticulosamente preparado.

— Lamento dizer isso, por causa da minha mulher — falou o fazendeiro. — Jonas está morto, acho que morreu logo, atacado por bichos ou algum grupo de índios arredios, índios bandidos saídos das reservas. Por que digo isso? Porque Jonas, se estivesse vivo, em qualquer lugar, já teria fugido, pois, além de ter aprendido a sobreviver na floresta, também sabia guiar-se pelo sol e pelas estrelas.

— Meu filho não está morto — gritou a mulher. — Tenho fé em Deus e sei que ele está vivo em algum lugar. No mato, na cidade, em algum lugar. Está prisioneiro, por alguma razão misteriosa.

O coronel sorriu desconsolado para nós e levantou os ombros, como se dissesse: "O que devo fazer?".

— Quantas pessoas o senhor já contratou pra procurar por Jonas? — indagou Doutor Quizila.

— Muitas, muita gente. E gente de toda espécie. Sei que alguns cabras só queriam me explorar, me arrancar dinheiro. De vez em quando aparecia por aqui um forasteiro com uma história mirabolante sobre o desaparecimento do meu filho. Um dia tive de enxotar um maluco da fazenda, cheio de colares e brincos, que chegou dizendo que meu filho tinha sido seqüestrado por um disco voador.

— E nunca surgiu uma pista concreta, coronel? — perguntei. — Notícia com mais lógica, mais nexo?

— Surgiu. A informação mais coerente tinha a ver com a aparência de Jonas, mas aí também entraram a fraude e a mentira. Como meu filho é louro, branco, de vez em quando caçadores ou mateiros falavam de um índio branco que vivia entre os parecis, entre os apiacás, entre os txucarramãe. Eu, pessoalmente, fui uma vez a uma aldeia apiacá, com inspetores da Funai e um pequeno destacamento policial. Nada encontramos. Nem os velhos sabiam de qualquer história relacionada a um índio branco.

— Mas o senhor já ouviu falar, coronel, que esse tipo de seqüestro é fato entre algumas tribos de índios. Eles raptam crianças, brancas ou índias, e criam à sua maneira.

— Sei, sei que isso já aconteceu antes. Mas agora acho que os índios não se atreveriam a roubar crianças brancas. Eles vivem pressionados por todos os cantos. Já têm a vida tão ruim... e se mexem então com filhos de fazendeiros...

— Há, em muitas aldeias, principalmente no Xingu, alguns índios de pele clara, provavelmente brancos que já esqueceram a sua origem — disse Doutor Quizila. — Muitas famílias, depois de tal acontecimento e sem mais esperança de encontrarem os filhos, mudam-se da região.

— Sei de tudo isso, meus amigos. Já procuramos, nesses dois anos, em muitos lugares, mas existem centenas de aldeias, vilas, pequenas cidades na Amazônia. E sem uma indicação concreta, nada feito. Como soube que o Gavião Vaqueiro salvou a filha do coronel Deodato... me lembrei de chamar vocês, companheiros inseparáveis.

— Mas o caso aqui é bem diferente, coronel Torquato — falei. — Lá, na Fazenda Babilônia, tivemos uma pista concreta desde o começo do seqüestro. E sabíamos até a que tribo pertenciam os índios. No caso do seu filho Jonas... não temos nada, nem mesmo sabemos por onde começar.

— E já se passaram mais de dois anos — disse Doutor Quizila. — Se Jonas estiver vivo, já está um rapazinho. E se viveu em tribo de índio por esse tempo todo, acostumou-se com os hábitos deles.

A mulher do coronel, que tinha ficado por algum tempo calada, de repente levantou-se, juntou as mãos, como se fosse orar, aproximou-se de mim e praticamente implorou:

— Seu Gavião Vaqueiro... Doutor Quizila... Pelo amor de Deus, façam uma última tentativa. Temos recursos e sabemos que vocês dois são gente honesta. Gastem o que acharem necessário, não é, Torquato?

— Sim, claro. Não dizem que a esperança é a última que morre? Minha mulher ainda não se conformou, como vocês estão vendo. Então, vamos tentar mais uma vez? Sei que a situação agora é muito mais difícil. Por onde começar?

— Sim senhor, coronel, por onde começar? — indaguei.

Doutor Quizila, o homem mais prudente e mais sábio, deu a sugestão:

— Por que não começar com uma boa conversa com o último caçador que foi atrás de Jonas?

O fazendeiro sorriu, a mulher abriu a boca... e eu reconheci que o meu amigo tocara no ponto certo, e indaguei:

— Lembra-se dele, coronel? Sabe onde podemos encontrá-lo?

— Sim, Gavião Vaqueiro, ele é irmão do nosso capataz. É o caçador Setembrino, homem de muitos recursos. Ele foi o último a procurar por Jonas, e de fato com Setembrino pareciam ter se desvanecido nossas últimas esperanças. Então fizemos uma pausa na busca... Eu até já tinha decidido encerrá-la, quando soubemos do caso da filha do coronel Deodato.

— E onde está agora o caçador Setembrino, coronel? — perguntou Doutor Quizila.

O fazendeiro deu um pulo da sua cadeira, foi até o fim do alpendre da casa e gritou por alguém. E logo estávamos diante do capataz Miguelino, homem forte e meio escuro, cicatriz no lado direito do rosto.

— Miguelino viajou por algum tempo com Setembrino — disse o coronel. — E hoje descansa aqui no amanho do gado.

O homem nos olhou dos pés à cabeça, cara fechada.

— Onde está o seu irmão agora, neste momento? — indagou o fazendeiro.

— Está em Cuiabá — respondeu o homem.

— E pode localizá-lo?

— Posso, sim senhor.

— Então pegue dois homens e vá buscá-lo. Preciso urgente falar com Setembrino.

— Sim, coronel.

O capataz saiu quase correndo e ainda ouvimos os seus gritos chamando por alguém.

— Os amigos dormem hoje aqui na fazenda — disse o coronel. — Amanhã Setembrino deverá chegar e vocês podem conversar com ele. Satisfeitos, meus amigos? Tudo certo? Vamos tentar mais uma vez?

Olhei para dona Idalina, que me suplicava com os olhos.

Doutor Quizila apertou meu braço, como a dizer que estava comigo. Eu o conhecia de longa data e tinha aprendido a interpretar os seus gestos, às vezes melhor do que a sua fala, que em muitas ocasiões era sábia e profunda.

Então eu disse para aqueles dois corações sofridos e agitados:

— Sim, vamos tentar mais uma vez.

— Eles se hospedam aqui mesmo na nossa casa — disse dona Idalina. — Ficam no quarto de hóspedes.

— Isso mesmo — concordou o coronel Torquato. — Fiquem à vontade, a casa é de vocês.

Agradecemos, enquanto dona Idalina nos conduzia ao quarto de hóspedes e o coronel dava ordens para um peão tratar dos nossos cavalos.

A mulher estava ligeiramente animada e repetia a todo momento:

— Sim, vamos tentar mais uma vez. Deus é misericordioso. Deus é misericordioso.

# 2

O caçador Setembrino demorou a chegar com o irmão capataz. Esperamos dois dias e tivemos tempo para conhecer um pouco a fazenda. Muito gado, muito pasto verde — um pedaço da Amazônia sacrificado para a pecuária, pensei.

O coronel Torquato tinha também uma plantação experimental de soja e de cacau, com as terras irrigadas, embora a região fosse de chuvas quase constantes. Ele explicou:

— A irrigação é pra prevenir. Notamos, nos últimos anos por aqui, que as chuvas estão ficando mais espaçadas e as águas dos rios estão baixando de nível. É a paga pelo progresso. Derrubamos as matas e as chuvas desaparecem.

— A natureza não pode ser contrariada, coronel — eu disse. — Se mexemos com ela, em algum lugar, a natureza se altera, como se quisesse se vingar do tal progresso. Sei que o país precisa de gado de corte, cada vez mais, mas não sei se a solução é sacrificar uma coisa pela outra. Muitos falam que a Amazônia, um dia, será um imenso deserto.

O coronel Torquato sorriu, com certo desalento, e comentou:

— Como se fala na linguagem dos economistas, a coisa toda é irreversível. A saída, parece, seria o próprio homem controlar a natureza, mantendo o seu equilíbrio e sabendo usar a terra.

— Isso pode ser feito, coronel — disse Doutor Quizila. — Com filtros para chaminés de fábricas, irrigação para a terra, uso de predadores naturais para a lavoura. Mas tudo é muito caro... e não interessa aos homens que só querem o lucro, o grande lucro.

— Doutor Quizila tocou no ponto certo — falou o fazendeiro. — Reconheço que o homem é um animal prático e ambicioso e quer apenas viver o seu momento e aproveitá-lo. Quem se importa se a Amazônia um dia se transformar num deserto?

— Isso é lamentável e desumano — falei.

Dona Idalina chegou afobada no alpendre onde conversávamos e anunciou:

— O caçador Setembrino está aqui.

Voltamo-nos para a entrada do alpendre da casa — os dois homens já subiam os degraus de madeira, o capataz Miguelino à frente. Ele foi logo dizendo:

— Coronel Torquato, aqui está o caçador Setembrino.

O homem era mais baixo do que o irmão e tinha a aparência de índio. O coronel fez as apresentações e falou sobre o motivo de seu chamado. Setembrino sentou-se ao nosso lado, enquanto o fazendeiro despachava o capataz para o trabalho.

— Me recordo de toda a região por onde andei, coronel — disse o caçador. — Chapada dos Parecis, serra do Norte, serra dos Apiacás e todo o Xingu e alto Xingu. Devo ter vasculhado umas cem aldeias indígenas.

— Aí está, meus amigos — falou o coronel. — É uma região maior do que muitos países da Europa.

— E os boatos, as histórias que ouviu, caçador Setembrino? — indagou Doutor Quizila. — O que achou de mais relacionado com o desaparecimento do menino Jonas?

Dona Idalina nos interrompeu ao trazer uma bandeja com copos de refresco de açaí, salientando que o irmão do capataz Miguelino devia estar cansado e sedento por causa da viagem. De fato Setembrino estava suado e com a pele brilhosa, denotando fadiga.

— Ouvi muitas histórias — ele disse. — E segui muitas pistas falsas. A história mais comum era a presença de menino branco em aldeia de índio. Mas nada encontrei. Alguns índios meninos e adultos, de pele clara, não tinham nada a ver com o filho do coronel.

— Ah, me esqueci de dizer para o Gavião e Doutor Quizila que meu Jonas, além de ser branco e louro, tem um sinal escuro abaixo do joelho esquerdo — explicou o fazendeiro. — Marca daquele tipo não pode ser removida.

— Me guiei muito por este sinal — disse o caçador. — O certo, parece, é que aquela gente de pele clara, entre os índios, não era branca, pois viajando como viajo, nunca me deparei com outro caso igual ao do coronel.

— Diga-me uma coisa, caçador Setembrino — disse Doutor Quizila. — Qual a história mais curiosa, mais incrível, que ouviu nessas suas andanças? Alguma coisa que tenha achado muito fora do comum?

Ele pensou um pouco, sorveu o resto do seu refresco, suspirou e disse:

— Lembro de um caso, depois de muitos meses de procura. Eu já tinha resolvido voltar aqui pra fazenda, com a triste notícia de nada ter encontrado. Eu estava no extremo norte da minha caçada, já na fronteira de Pará e Amazonas.

— Não passou pelos postos indígenas da Funai? — perguntei.

— Passei ao largo. Então, um dia, encontrei um fazendeiro com os seus jagunços. Disseram estar à procura de um grupo de índios caçadores. E mais: que os índios eram comandados por um menino que usava pele de onça. Uns outros três ou quatro também se vestiam como ele. Tinham atacado a fazenda e matado muito gado. E isso já tinha acontecido em fazenda vizinha, com a mesma notícia do menino-onça.

— Menino-onça? — indaguei.

— E o que fez em relação a isso, Setembrino? — perguntou o coronel. — Investigou a região?

— Sim, senhor, mas como já estava muito ao norte, achei que o seu filho, ainda uma criança, nunca ia agüentar uma viagem até aqueles confins. E mesmo porque não havia indicação de que o tal menino-onça fosse um branco.

Ficamos em silêncio, um olhando para o outro, o coronel Torquato me fitando. Depois perguntou:

— O que acha, Gavião Vaqueiro?

— É uma história diferente, coronel, e curiosa. Mas, como falou o caçador Setembrino, não houve indicação se o menino era branco.

— Alguma tribo de índios brasileiros tem esse costume? — perguntou Doutor Quizila. — Usar pele de onça pra atacar ou caçar?

O caçador Setembrino respondeu:

— Estive na região do alto Xingu, onde se escondem dos brancos algumas tribos arredias, como os txikãos. Eles não estão na reserva do Parque Nacional do Xingu e vivem atacando não só as aldeias xinguanas como as fazendas. Tive medo de entrar numa das aldeias dos txikãos, mas conversei com um seringueiro que me disse que esse costume, de usar pele de onça, talvez fosse dos índios desanas. Mas a nação já estava dispersa ou perdida, e não havia qualquer informação sobre suas aldeias.

Setembrino abriu os braços e concluiu:

— Então, quase seis meses na floresta, resolvi voltar. E, desde o desaparecimento de Jonas, dois anos já se tinham passado. Coronel Torquato, fiz tudo o que estava ao meu alcance. Não se procura, para sempre, uma agulha num palheiro.

— Reconheço seu esforço, Setembrino — disse o fazendeiro. — Mas os amigos aqui, Gavião Vaqueiro e Doutor Quizila, vão fazer uma última tentativa, não é verdade, meus amigos?

À pergunta do coronel, como se estivesse à espreita, surgiu de repente no alpendre dona Idalina.

Falei:

— Sim, senhor, já combinamos isso. Vamos tentar mais uma vez.

A mulher sorriu. O coronel agradeceu as informações do caçador e lhe disse que descansasse na fazenda o tempo que quisesse.

Quando o caçador se despediu, afastando-se, o fazendeiro nos indagou:

— Acham que essa história de menino-onça tem algum fundamento? Sei que não houve menção de o menino ser branco ou não. Insisto nesse ponto porque Jonas, se obrigado por alguma razão, seria capaz disso. Ele tinha, quando vivia aqui, todas as qualidades de um líder autêntico.

— Pode ser meu filho, pode ser — gritou dona Idalina.

— Talvez o caçador Setembrino não tenha explorado todos os ângulos dessa história — comentou o coronel.

— Houve aqui uma coincidência — falei. — Eu já tinha combinado com o Doutor Quizila uma vistoria nos postos indígenas do Pará. E essa história de Setembrino indica aquela região. Então nós vamos pra lá. Os postos indígenas têm a vantagem de reunir toda espécie de gente, garimpeiros, caçadores, índios, funcionários do governo que vivem na selva. E histórias e boatos são muitos.

— Sim, é um bom lugar para começarem — disse o fazendeiro.

— E se encontrarem o meu menino, não o tragam pela floresta — pediu dona Idalina. — Podem pegar alguma embarcação que vá até Belém ou Manaus. E de lá é fácil tomar um avião até Cuiabá.

— Não adiante os acontecimentos, Idalina — disse o coronel. — Nossos amigos sabem o que fazer. E não fique esperando por muita coisa também. Saiba que eles irão tentar encontrar aquela agulha em região onde não foi procurada ainda. A nós cabe apenas esperar e... quem sabe?

— Sim... quem sabe? — dona Idalina sorriu conformada.

E assim, com o firme propósito de visitar os postos indígenas a partir de São Benedito, iniciamos os preparativos para a viagem do dia seguinte. Seguiríamos com nossos velhos cavalos, carregados com embornais cheios de mantimentos e munição para as nossas carabinas.

— Se quiserem um burro de carga e alguns homens, é só falar — disse o coronel, quando já nos despedíamos dele e de sua mulher.

— Nós dois, com nossos cavalos, viajamos mais depressa — disse Doutor Quizila. — Nos postos indígenas podemos nos reabastecer. Há sempre armazéns ou quitandas por lá.

O coronel Torquato ainda nos adiantou um bom dinheiro para despesas eventuais ou inesperadas.

— Podem precisar até para suborno — ele disse e baixou a cabeça, como que envergonhado.

— Com a graça e a misericórdia de Deus vão trazer o meu filho de volta — falou dona Idalina.

"A esperança é feita de quê?", pensei. Como disse o vaqueiro Rosa, quem espera está vivendo.

Era mais uma viagem pela floresta, mais uma aventura, e dessa vez seguíamos para o desconhecido meio como cegos, sem uma idéia exata por onde começar. Mas o fazendeiro e sua mulher queriam alguma notícia do filho desaparecido, algum sinal de que ainda vivia ou não. Só assim sossegariam. Na dúvida, de vez em quando renasciam na esperança.

Comentei com o meu amigo, já no trote de marcha viageira:

— É a tal coisa... Qual o limite de uma espera? Até quando uma pessoa espera por um ente querido que sumiu no mundo?

— Não há resposta para isso, Gavião Vaqueiro. Como diz o ditado popular, cada um sabe de si. Por isso é que dizem que toda saudade é uma espécie de velhice.

Confesso que não tinha esperança alguma de encontrar o que quer que fosse do paradeiro do menino Jonas, hoje com a idade entre treze e catorze anos. Um rapaz, caso estivesse vivo. E por que não voltara? Se era tão esperto e sábio quanto o pai o dizia, por que ainda não dera um jeito de fugir?

O que preocupava em tudo isso era que nunca se soubera realmente qual tribo, quais índios — ou mesmo brancos — teriam seqüestrado Jonas. Para pedir resgate é que não fora. O filho mais novo do coronel Torquato, ainda no berço, era muito mais vulnerável e melhor apropriado para um seqüestro.

E se tudo não tivesse passado de um ataque sorrateiro de algum animal grande da floresta? Uma onça-canguçu, por exemplo, que quebra fácil o pescoço de um boi? Ela poderia ter triturado os ossos do menino, comido-lhe a carne, e depois a natureza teria seguido o seu curso, consumindo o resto.

O que um pai aflito poderia ter feito naquele momento do sumiço? Deve ter ficado cego a rastos e outros sinais da mata. E quando começaram as buscas pra valer, todas as pistas já tinham desaparecido.

A minha mente trabalhava diante de dúvidas e possibilidades, acostumado que estava com o inesperado e o mistério da vida. Doutor Quizila seguia o mesmo curso de raciocínio.

Assim, preparados, dispostos ou não, com esperança ou sem uma sequer, viajamos rumo ao Pará, em marcha relativamente apressada. Íamos em busca da região dos postos indígenas, realmente o nosso melhor ponto de partida para a procura do menino Jonas.

E até me alegrei um pouco quando pensei que passaríamos próximo ao rio Verde, território nosso conhecido, vizinho à aldeia do nosso amigo Kaíto, o jovem cacique dos kamayurás.

# 3

Com os nossos embornais de sela cheios de mantimento, não tivemos necessidade de caçar ou pescar nos primeiros dias de viagem. Só mais tarde, para variar o gosto da comida enlatada e como recurso da boa saúde, iríamos usar os alimentos da floresta.

Mais uma vez havíamos adiado uma visita ao Araguaia, aos índios meus amigos, Tury e Kunle, que tinham uma pequena fazenda na região. A idéia era eu e Doutor Quizila ficarmos por lá — meu amigo já se queixando da velhice — ajudando os dois a plantar e a criar um pouco de gado, numa vida mansa e sem tantas preocupações.

Mas o apelo daqueles pais sofridos nos fez aceitar esta incumbência: procurar uma agulha perdida no palheiro verde da Amazônia, referência esta a mais lógica, a mais cabível para o caso. Ou procurar um Jonas que cometera o pecado de matar os animais, tornando-se desde jovem um autêntico predador. O pai achava que o preparava para a vida, para o mundo hostil. Mas seria esse o caso? Um ainda menino dedicado às armas?

A gente podia pensar muita coisa em relação ao estranho caso da fazenda do coronel Torquato — casa rica, poder, mando e desmando da autoridade, e um jovem sendo adestrado para a caça e a sobrevivência. E o que aconteceu? Na verdade o sumiço de Jonas era um verdadeiro mistério.

Não tardamos a pegar as primeiras águas do rio Verde. Assim, seguindo pela sua margem esquerda, em relação ao norte, poderíamos penetrar no profundo da floresta, sem perigo de nos perder, e iríamos sair em segurança já na serra do Cachimbo.

Passamos muitos dias seguindo o rio, às vezes misturando o pescado fresco à nossa comida enlatada ou à carne seca. Viagem sem novidades, nenhum encontro com caçadores ou índios arredios ou hostis. Nem mateiros ou contrabandistas de pele.

Toda essa gente poderíamos encontrar, durante o dia ou à noite, e sempre correríamos perigo de vida. Os bichos da floresta amazônica seriam para nós, hoje, os menos ameaçadores, muitos escondidos em lugares de difícil acesso. Alguns animais pequenos e miúdos ainda tentavam resistir à invasão de tantos intrusos.

Os nossos acampamentos, por causa mesmo desses invasores, eram sempre feitos em lugares seguros, resguardados em alguns aspectos — como protegidos por alguma caverna ou tendo o rio como saída de emergência. E as fogueiras eram acesas à moda índia, em terreno mais baixo — mesmo em buracos —, para que não pudessem ser vistas de muito longe.

Assim, o desenvolvimento da nossa viagem estava sendo tranqüilo e rápido, e eu e Doutor Quizila conversávamos sobre a melhor maneira de levar a cabo aquela missão.

O que fazer inicialmente?

Ambos moíamos e remoíamos aquela idéia original: visitar os postos indígenas do Pará, a partir de São Benedito, e ir subindo sempre em direção norte, pegando o rio Tapajós e, conforme fosse, até o rio Amazonas, a alguns quilômetros de Manaus, em região próxima de Macapá.

Era um estirão, semanas de viagem pela floresta, mas tinha de ser feito. Sofreríamos cansaço e os nossos cavalos também, mas seria a soma de muitos dias e paciência que nos levaria ao nosso objetivo. Mas e se nada encontrássemos do rasto do menino Jonas? Bem, se assim fosse, poderíamos voltar de avião a Cuiabá, partindo provavelmente de Belém.

Mas talvez essa viagem de volta pudesse ser feita também com Jonas, doce esperança ou ilusão de sua mãe. Quem sabia o que iríamos encontrar pela frente? De qualquer maneira o avião seria uma opção para a volta, em qualquer das circunstâncias, para que não nos sacrificássemos em outra viagem longa pela floresta.

Mas algo bastante singular iria nos acontecer antes que chegássemos à região dos postos indígenas, onde pretendíamos conversar com mateiros, caçadores e índios. Seria uma espécie de adiantamento das perguntas que iríamos fazer por lá, atrás de alguma pista do menino Jonas.

Coincidência? Sorte?

Era madrugada, estávamos sob uma forte chuvarada e a nossa fogueira já tinha se apagado. Protegidos por nossas mantas, começamos a ouvir um barulho estranho vindo do rio quando a chuva grossa parou de cair.

Na mistura dos ruídos da chuva e da floresta, não podíamos saber do que se tratava. Às vezes eram batidas secas na água ou murmúrios de vozes. Só quando a chuva serenou mais e o vento mudou em nossa direção, Doutor Quizila pôde identificar:

— Vem canoa pelo rio.

Tratamos de atiçar a nossa fogueira, quase à beira da água, e ficamos à espreita — quem quer que fosse estava se aproximando da nossa margem.

Não eram só as batidas, ritmadas, que ouvíamos: os murmúrios tinham se transformado em gemidos.

A noite, ainda escura, não nos deixava ver coisa alguma à distância. Mas tudo ia serenando com o cessar da chuva.

Doutor Quizila apurou melhor o ouvido e disse:

— Batidas rápidas de remo na água e gemidos de mulher.

— Gemidos de mulher? — falei admirado.

— Isso mesmo. É estranho.

Esperamos alguns minutos. De vez em quando os sons interrompiam-se, ou apenas se ouviam ora o ritmo das batidas, ora os gemidos.

Com a fogueira acesa e o quase clarear da madrugada, pudemos avistar, de repente e à distância, descendo através da correnteza do rio, uma canoa conduzida por um índio. Suas remadas eram vigorosas e rápidas.

Quando a canoa se aproximou, acenamos com as mãos e Doutor Quizila gritou:

— Ô do rio!

O índio imediatamente virou-se em nossa direção.

— Ele está com alguma dificuldade — falei.

Ao atingir um banco de areia na margem, a canoa parou. Então pudemos ver no seu interior uma mulher, a barriga enorme.

O índio saltou da embarcação e tentava empurrá-la para mais perto do lugar onde estávamos.

— O que aconteceu? — perguntei, ao mesmo tempo em que junto com meu amigo ajudava a empurrar a canoa.

— Ela está doente — disse o índio. — É Tanuí e eu sou Mebopi. Tucanas. Índio tucana.

— O que tem a mulher? — indaguei, enquanto colocávamos a canoa em lugar seguro, para que não fosse arrastada pela correnteza.

— Mebopi pede ajuda.

Doutor Quizila já estava examinando a mulher, que continuava a gemer, embora não se mexesse. Ela estava com um vestido de fazenda estampada, comum entre as caboclas do Pará. O índio vestia apenas calção e camiseta com propaganda do mundo civilizado. Sem dúvida já conviviam com os brancos há muito tempo.

— Ela está pra ter um filho — disse o meu amigo. — Temos de tirá-la da canoa.

E assim fizemos, deitando-a próximo à nossa fogueira.

— Há quanto tempo ela está assim, Mebopi? — perguntou Doutor Quizila.

— Muito tempo. Índio ia pedir recurso no posto São Benedito, mas ainda está longe.

Doutor Quizila, diferente do que pudesse indicar seu nome, era entendido em ervas e raízes e já estava à cata de algo para a mulher.

— Temos de fazer alguma coisa, senão ela morre — disse Doutor Quizila. — As contrações estão fracas, quase parando. Se estivesse num hospital, a indicação pro caso seria uma cesariana.

— Em que está pensando, Doutor Quizila? — perguntei.

— Estimular as contrações. Talvez um trago de cachaça ou um punhado de sal dissolvido em água. Não estou encontrando nenhuma erva adequada por aqui.

Em seguida dirigiu-se a um dos embornais de viagem e tirou de lá um saco de sal.

— Não estavam na aldeia tucuna? — perguntei ao índio.

— Não. Tanuí e Mebopi foram de visita a parente perto da serra Formosa. Tanuí começou a sentir dor ontem. Aldeia tucuna fica mais distante do que posto São Benedito.

— Vou fazer uma beberagem de sal pra ela — disse Doutor Quizila. — Se não parir logo, a criança morre, ou morre também a mulher. O lado positivo é que o curumim está em posição correta na barriga.

— E a cachaça, não é melhor estimulante? — perguntei. — Me lembro que, no Nordeste, a mulher nessa situação toma um pouco de conhaque.

— No caso da índia talvez seja perigoso. A cachaça que temos aqui é muito forte. Talvez embriague mulher e neném.

— Bem, o senhor é quem é o doutor por aqui...

Mebopi não saía de perto da mulher, sempre perguntando se podia ajudar e se ela ficaria boa.

Como o dia já começasse a clarear, aproveitei para fazer um café para que todos nós o tomássemos acompanhado de broa de milho e alguns beijus comprados em Cuiabá.

Apanhei a minha manta de dormir e cobri a índia, que tremia, como se atacada por malária.

— É a reação do sal — disse Doutor Quizila.

— Ele é doutor branco? — indagou o índio.

— Não é doutor formado, mas é homem dos sete instrumentos, como se diz. Entende de tudo um pouco. Olhe aqui... — Levantei a camisa. — Está vendo esta cicatriz aqui? Foi uma marrada de touro numa fazenda de Goiás. Doutor Quizila me operou e costurou tudo direitinho.

Depois da minha informação, o índio ficou mais calmo, mas de vez em quando imitava os gemidos da mulher e rolava no chão.

Chamei Mebopi e lhe dei uma caneca de café preto, forte. Ele tomou quase de um só trago o café quente e comeu um pedaço de beiju. Parecia faminto.

— Quando Tanuí tiver o curumim, Doutor Quizila prepara pra ela um chibé de farinha de mandioca — falei.

O meu amigo fazia ligeiras massagens no ventre da mulher.

— Como está indo? — indaguei.

— Está indo bem, mas isso pode levar horas.

— Nada que a gente possa ajudar, Doutor Quizila?

— Nada. Pode deixar por minha conta. A mulher já não sofre muito.

Como Tanuí estivesse sob os cuidados do meu amigo, o meu interesse agora era fazer algumas perguntas a Mebopi, uma vez que este morava numa das aldeias indígenas da região para onde estávamos indo.

E, fato curioso e estranho ao mesmo tempo, o nosso trabalho em relação ao seqüestro do filho do fazendeiro praticamente começou ali, sem que esperássemos — perguntas e respostas, dando início à formação de um verdadeiro quebra-cabeça, um mosaico de indicações e supostas pistas.

# 4

Enquanto Tanuí gemia e era ajudada por Doutor Quizila, eu puxava conversa com Mebopi. E foi até bom para ele, porque ficou menos preocupado com sua mulher.

O índio me contou muitas coisas sobre os postos indígenas e as aldeias, e as pequenas cidades dos homens brancos. Muita violência e incertezas, vida precária de todos, menos dos fazendeiros ricos.

Mebopi mencionou ainda muitos destacamentos da FAB na região, responsáveis pelo abastecimento dos postos e de algumas aldeias — às vezes chegavam remédios para os índios e médicos sanitaristas. O mundo verde cada vez mais perdia a sua virgindade com a introdução de alimentos e remédios do mundo civilizado.

— Muita gente se mexe por lá — ele disse. — Índio, caçador de pele, jagunço de fazenda, invasor de terra, garimpeiro. Muita morte. A gente tem de se esconder. Só quando está com fome ou doente é que índio vai a posto pedir ajuda à Funai.

— E os índios não recebem mantimento nas aldeias? — perguntei. — O governo não ajuda?

— Só ajuda gente do Xingu. Quem está fora, passa necessidade. Os suiás, do rio Paranajuva, moram perto, mas não têm ajuda. E a caça está desaparecendo em toda parte. Mulher de índio quer agora panela de branco e índio quer machado, e vai todo mundo atrás. Quer voar em pássaro de ferro, ir a Brasília, onde está o chefe.

— Nesse contato com tanta gente, Mebopi, não ouviu falar de um menino branco em alguma aldeia indígena?

Ele pensou um pouco e disse:

— Não... Curumim branco em aldeia de índio? Não... Nunca ouvi falar. Gente não contou.

Notei que Mebopi ficou meio desconfiado, levantou-se e foi ver a mulher. Ele talvez soubesse de alguma coisa, quem sabe tivesse ouvido algo a respeito em uma das aldeias.

Quando Mebopi voltou para junto de mim, a pedido de Doutor Quizila, insisti no assunto:

— Não tenha medo de nada, não somos da polícia nem trabalhamos para a Funai. Estamos só procurando o filho perdido de um fazendeiro do Mato Grosso. Estamos ganhando dinheiro pra isso, Mebopi. A nossa caçada é profissional, de interesse particular.

— As contrações estão bem agora — gritou de repente Doutor Quizila. — Tanuí vai ter seu filho sem problemas. O sal resolveu.

O índio deu um pulo e correu em direção da mulher.

Ela gemia a espaços regulares, mais calma.

— Quer agora alguma ajuda, Doutor Quizila? — perguntei.

— Gavião Vaqueiro, ferva um pouco de água em nossa panela de sopa e traga aqui. Preciso fazer uma limpeza nela. Chame o índio.

— Venha pra cá, Mebopi, o meu amigo doutor cuida de tudo. Pegue um pouco de gravetos e folhas secas pra fogueira.

Quando vi Doutor Quizila levantar o vestido da índia até o peito, indaguei:

— O senhor já foi parteiro alguma vez ou só está juntando a teoria à prática?

— Alguma vez na vida... já fui tudo, Gavião Vaqueiro. Mas a teoria às vezes ajuda a prática.

Tratei de ferver a água, e a conversa com Mebopi ficou para mais tarde.

Em silêncio, esperamos algum tempo até Tanuí dar à luz.

A criança chorou, um choro que acalentou o nosso coração e fez o índio pular de alegria. Ali, em pleno ermo da floresta, uma pequena vida surgia, palpitante e bela.

Era um indiozinho macho, cabelo preto e espetando o espaço em volta. Os olhos como dois riscos de nanquim, as bochechas gordas e o nariz meio chato.

Mebopi falou na sua língua:

— *Urá urá nadi. Urá, urá ni.*

E ensaiou uns passos de dança, gritando com a mão na boca em forma de concha. E repetia aquilo:

— *Urá urá nadi. Urá, urá ni.*

— O que está dizendo, Mebopi? — perguntei.

— Mamãe garça. Filhote de garça.

E riu muito, mostrando os dentes estragados, naturalmente pelos doces da civilização.

Tanuí logo se sentou, respirou fundo, agarrada à criança. A peixeira de Doutor Quizila serviu para cortar o cordão umbilical do menino, enquanto Mebopi trazia um pedaço de cipó embira para amarrar o toco.

Depois de alguns instantes, a índia se levantou e foi lavar a criança na beira do rio, ela própria tomando um banho ao lado do sorridente marido.

— Vamos comemorar e cair na água também, Doutor Quizila? — perguntei.

O nosso banho coletivo foi uma festa. Só agora Tanuí, pele limpa, mostrava a sua beleza de índia ainda jovem.

Arranjamos algumas camisas velhas e limpas e demos para Tanuí enrolar o seu filho.

Após o banho, voltamos para as proximidades da nossa fogueira, o sol já bastante alto no horizonte.

Ainda agasalhando o filho, sentada ao nosso lado, Tanuí falou pela primeira vez:

— Tanuí agradece doutor branco. Mebopi é bom marido, por isso encontrou ajuda.

Voltou-se para mim e disse algo que nos espantou:

— E o que sempre acompanha, também é bom homem. Tanuí e Mebopi viver com os dois no coração.

"O que sempre acompanha." Como sabia a índia que eu sempre acompanhava Doutor Quizila em suas viagens pela floresta?

Mebopi falou:

— Chamar nosso filho de Gavião Quizila, em honra dos dois. Gaviãozinho Quizila vai ser valente e bonito.

Aquilo nos emocionou. Como eles sabiam ser gratos, com poucas palavras e um gesto tão significativo.

— Gaviãozinho... — disse e me aproximei do curumim. — Agradeço e sei que Doutor Quizila também sente-se grato pela homenagem.

— Gavião Vaqueiro e Doutor Quizila vão viver também com os dois no coração e mais o Gaviãozinho na saudade — falou o meu amigo.

Silenciamos por alguns instantes e fomos invadidos por doce sentimento de paz e felicidade.

"Espero que o Gaviãozinho Quizila tenha muitos anos de vida, possa crescer sem muitos tormentos, e se transforme num bom homem", pensei, enternecido, sincero, assim como se faz uma oração ao Deus Todo-Poderoso.

# 5

Mais algum tempo de descanso e logo Tanuí estava dando de mamar a seu pequeno curumim, com Mebopi todo feliz ao seu lado.

"Preciso continuar aquela conversa com ele", eu pensava, confiante em que o índio tinha muita coisa a me contar.

O sol já plenamente levantado, convidei Mebopi para uma pescaria.

— Não vão viajar agora — falei. — Tanuí precisa descansar mais e curumim também.

— Índio pesca com puçá. Não tem puçá — disse Mebopi.

— Pescamos com as mãos. O rio aqui perto tem muitas pedras e locas, cheias de pacus.

Mebopi ficou alegre, mas olhou a mulher e o filho com alguma preocupação.

— Meu amigo fica com Tanuí e Gaviãozinho Quizila — eu disse. — Não se preocupe.

Aproximei-me de Doutor Quizila e murmurei:

— Vamos conversar sobre aquela região. Ele conhece o território.

Antes mesmo de iniciarmos a pescaria, falei para o índio:

— Mebopi, não precisa ter medo. Se você sabe alguma coisa sobre um menino branco em aldeia indígena, me diga. O doutor branco ajudou sua mulher, e seu filho leva o nosso nome. Somos amigos agora. E agora você nos ajuda. Está bem?

Ele ficou pensativo durante alguns instantes. Estava tranqüilo. De vez em quando ouvíamos o choramingar da pequena criança. Aí Mebopi olhava para mim e sorria.

O índio meditou ainda por um bom tempo.

O que estaria decidindo? De que tinha medo?

De repente levantou-se do chão, onde estávamos, já próximos às locas dos peixes, e disse:

— Conheci velho pajé em posto indígena. Não foi em São Benedito, mas no posto Creputiá, o mais longe ao norte.

— O último posto ao norte, já perto do rio Tapajós?

— Sim, Gavião Vaqueiro, o último, depois de Cururu e posto Divisor. Muito longe. De lá em diante, tudo só floresta.

— E que velho pajé foi esse que conheceu?

— Ele se chamava Kumuá. Kumuá, na língua dele, quer dizer homem sábio.

— Não era um índio tucuna? Da sua tribo?

— Não, era índio desana. Vinha de longe buscar fumo no posto. Só fumo. Picava o fumo, com pequeno canivete de homem branco, e botava no seu cachimbo de barro. Gostava muito de fumar cachimbo. Queria fumo de rolo, só fumo forte.

— E então, Mebopi?

— Um dia estava lá e conversei com Kumuá. E ele foi logo perguntando se na aldeia tucuna tinha muita mulher. Índio faz isso: casa homem de uma aldeia com mulher de outra aldeia, e assim trocam coisas e comem melhor. Mas o velho pajé estava só se lembrando do tempo antigo, porque a sua gente já tinha se acabado.

— Como assim, Mebopi? O velho era o último sobrevivente?

— Da aldeia dele era o último. Ele e a mulher velha. Isso está acontecendo todo o tempo por aqui. — Mebopi abriu os braços como se quisesse se referir a toda a Amazônia. — A tribo kutenábu desapareceu todinha, e só ficou mãe e filho. Foram viver entre os waurás, no Xingu. Mas Kumuá e mulher vivem sozinhos no meio do mato, rio perto.

— E o que mais disse o pajé Kumuá?

— Aí o dono do posto, que tem um armazém, ofereceu uma cachaça a Kumuá. Ele recusou e disse que só fumava tabaco, mas conhecia uma aldeia baré onde bebiam a cachaça do branco. Tudo doido, ele falou. E disse mais: lá tem um menino branco. Tuxaua Inapirico treina o menino branco e os curumins índios porque guerreiro homem já se acabou. Quando Kumuá falou em menino branco, todo mundo se admirou no posto Creputiá. E o pajé falou mais: "Menino branco e de cabelo amarelo". Depois fumou o seu cachimbo e não falou mais nada. Muita gente achou graça no meio do espanto e logo se esqueceu. Pescar agora, Gavião Vaqueiro. É só o que sei sobre menino branco.

— Kumuá não fez referência a um menino-onça? — perguntei. — Os meninos do chefe Inapirico não usam pele de onça?

— Não sei, Gavião Vaqueiro. Kumuá não falou nisso, não. Menino-onça? Nunca ouvi falar.

Pescamos alguns pacus e voltamos para o acampamento. Mebopi falava no filho e na mulher, mas não se referiu mais ao pajé Kumuá.

De volta, contei a nossa conversa para Doutor Quizila e lhe perguntei o que pensava a respeito.

— Embora Kumuá não tenha mencionado um menino-onça, pelo menos falou em menino branco. Graças a esse encontro com Mebopi, talvez a gente tenha acertado mais um tiro no escuro.

— Pode ser. Mas os barés moram no vale do rio Negro, em direção oposta ao nosso destino, que era o de nos aproximar de Belém.

— É verdade, Gavião Vaqueiro. Precisamos primeiro procurar o pajé Kumuá e saber dessa história de menino branco. Pode ser apenas um curumim pintado pelo tuxaua da tribo.

— Ou pura imaginação, quem sabe caduquice do pajé Kumuá — completei.

Mebopi não contou mais nada sobre a fala do velho índio fumador de cachimbo. Aquilo era tudo o que sabia. Mas deixou transparecer que lá no posto Creputiá ninguém acreditava em Kumuá e que sua história fora esquecida.

Quando o sol já declinava, naquele mesmo dia em que Doutor Quizila realizara o bem-sucedido parto de Tanuí — o Gaviãozinho Quizila de olhos negros e cada vez mais esperto —, o índio Mebopi nos comunicou:

— Ir embora agora.

Demos-lhes alguns mantimentos e roupas. Ao se despedirem, ensinaram-nos onde ficava a sua aldeia.

— Um dia vamos visitar o Gaviãozinho — falei.

O meu amigo retrucou, a modo de protesto:

— Nada disso. Um dia vamos visitar o Gaviãozinho *Quizila*.

Os índios acharam graça. Agradeceram o favor do doutor branco e do "homem que sempre acompanha" e voltaram à sua canoa de casca de jatobá. Prometeram falar bem de nós onde quer que estivessem. Iriam direto para a aldeia tucuna.

À distância, Mebopi gritou da canoa:

— *Bedereru-reri harasinakre kai**.

(*) Estamos tristes, lembrando de vocês. (N. A.)

# 6

Os nossos planos teriam de ser ligeiramente alterados após percorrermos os postos indígenas. Mais precisamente depois de Creputiá, quando se abriam, de um lado, a mata densa que nos levaria ao rio Tapajós, e do outro, córregos e igarapés em direção ao rio Xingu. A região tinha muita água e a floresta era mais densa.

— Esse velho índio Kumuá talvez nunca mais volte ao posto em busca de fumo — disse Doutor Quizila. — Pode ser até que já tenha morrido.

— Mas alguém lá no posto Creputiá, além de Mebopi, deve ter ouvido a história do pajé.

Então decidimos prosseguir em nossa jornada. Já era muita sorte ter obtido de Mebopi essa informação.

— Quando saímos da fazenda do coronel Torquato não tínhamos nada de certo em relação ao desaparecimento de seu filho — comentei. — Mas agora temos algo, uma indicação mais concreta e um território mais definido. O que acha, Doutor Quizila? Sorte? Coincidência?

Meu amigo sorriu.

— Mais uma vez, Gavião Vaqueiro, fomos presenteados pelo acaso ou... por alguma coisa que a gente desconhece. Sim, foi bom o encontro com Mebopi e sua mulher. Agora, além de um afilhado, temos também uma direção, sem dúvida algo positivo sobre um menino branco vivendo em aldeia indígena.

— E se for mesmo Jonas que estiver nessa aldeia baré? E por que até hoje, passados mais de dois anos, nenhum homem contratado pelo coronel Torquato chegou até lá ou obteve essa informação?

— Não tenho a menor idéia, Gavião Vaqueiro. Mas a informação sobre o menino-onça fornecida pelo caçador Setembrino, e aquilo que Mebopi nos contou do pajé Kumuá, tudo isso pode ser juntado para chegarmos a uma conclusão.

— Qual?

— Aquele menino-onça pode ser um menino branco.

— É... pode ser.

— E também o velho Kumuá talvez tenha contado uma história que ocorreu em tempos antigos... Na sua caduquice deve gostar de se lembrar do passado. Bem, a gente só vai mesmo completar ou comprovar a informação sobre o menino quando chegarmos ao posto Creputiá.

Não adiantava mais especular sobre aquele encontro com Mebopi ou sobre a notícia do pajé Kumuá. Agora era preciso dar prosseguimento à viagem, esperando que a nossa missão fosse levada a cabo. Tínhamos que nos manter otimistas.

Abstraindo o lado profissional da coisa, no fundo do coração eu torcia para que aquela informação do velho índio tivesse algum fundamento e nos levasse à ação concreta.

E se conseguíssemos trazer o menino Jonas de volta para casa? Que grande alegria para os pais! Dois anos sem notícias, eles já propensos a acreditar na morte do filho. Talvez, hoje, o coronel Torquato até lamentasse que, em vez do desaparecimento inesperado e misterioso, não tivesse sido de fato um seqüestro, com pedido de resgate e tudo mais.

Fomos em frente, levando agora, sem dúvida, mais esperança de um final feliz para nossa missão.

E adiantamos muito a viagem, só descansando um pouco ao meio-dia, para dar água aos cavalos, e à noite, quando íamos dormir e os animais podiam então pastar.

Assim, alguns dias de marcha puxada e não demoramos a chegar a São Benedito, o primeiro posto indígena.

Um inspetor da Funai foi logo nos perguntando se éramos caçadores de pele ou invasores de terras.

— Ou caçadores de quê? — acrescentou, exibindo na cintura o seu revolverzão calibre 38 cano longo.

— Nossas carabinas são apenas pra defesa pessoal — eu disse e fui logo ao assunto, para não levantar qualquer suspeita: — Estamos atrás de um menino branco, filho do fazendeiro coronel Torquato, do Mato Grosso. Achamos que ele foi raptado por alguns índios e que esteja em alguma aldeia no vale do rio Negro.

— Estão longe de casa e também muito longe do vale — disse o homem, de cara fechada. — Quanto a essa história... nunca ouvi falar. Por aqui passa muita gente contando mentira e já nem escuto o que falam. Tomo conta só do meu serviço.

Vendo que por ali não conseguiríamos nada, agradecemos e fomos descansar numa choça velha, do outro lado da clareira.

Perto do posto, que servia de ponto de abastecimento para algumas aldeias indígenas, funcionava um pequeno armazém. Lá, conseguimos comida fresca e bebemos uma cerveja quente.

Puxamos conversa com um velho madeireiro. Mas às nossas indagações ele se limitou quase só a balançar a cabeça negativamente, dizendo nunca ter ouvido falar nessa história de menino branco em aldeia de índio.

Novamente de passagem pelo posto da Funai, encontramos alguns índios tarianas. Mas eles não falavam a nossa língua e pareciam estar de mudança, pois levavam algumas mulheres e curumins, e muita tralha, como esteiras, panelas, arcos e flechas.

Pernoitamos na choça abandonada, com permissão do inspetor do posto, e pela manhã chegamos à seguinte conclusão: em São Benedito, ninguém sabia de nada. Outros funcionários da Funai nem ao menos quiseram conversar conosco. Talvez desconfiassem que fôssemos contrabandistas de pele de jaguatirica.

E assim retomamos nosso caminho.

A falta de informações no posto São Benedito nos tinha derrubado um pouco, abalando a nossa esperança. Mas Doutor Quizila ponderou:

— Lembre-se, Gavião Vaqueiro, que a nossa meta principal é o último posto indígena ao norte, o Creputiá. É lá que vamos ter de caçar aquele velho pajé ou alguém que nos possa dar alguma informação. Acho que, quanto mais ao norte, maiores serão as chances de que encontremos alguma pista.

E assim, já um tanto cansados da viagem, passamos pelos postos Cururu e Divisor.

Tudo em vão. Indicação alguma sobre o menino branco dos barés ou de qualquer outra tribo. Os dois postos reproduziam o primeiro: uma mistura de inspetores da Funai, caçadores, madeireiros, posseiros e índios ameaçados por fazendeiros ou já expulsos de suas terras. E mais negociantes, que subiam os rios em suas barcaças ou se estabeleciam em terra firme.

Os postos também funcionavam como uma espécie de delegacia dos territórios, com a presença de autoridades militares ou civis, principalmente quando havia garimpo por perto. E as queixas eram de toda espécie, desde roubo de mantimentos a estupro de índia.

— Estamos no fim do mundo — observou Doutor Quizila. — Poucos conhecem essa realidade cruel do país. Felizes ainda são os índios da reserva do Xingu, que se mantêm um pouco afastados dos brancos e da civilização, podendo assim preservar suas terras e cultura. Até quando, não se sabe.

E então seguimos para o último posto. Ali iríamos, na realidade, decidir o que fazer. Se tivéssemos informação positiva sobre o menino branco em aldeia do vale do rio Negro, partiríamos imediatamente para lá. Senão, voltaríamos para a fazenda do coronel Torquato, cabisbaixos e derrotados, lamentando todo aquele empenho por nada.

O certo era que representávamos a última esperança daqueles pais angustiados. Mesmo a notícia da morte de Jonas talvez fosse melhor do que nada, do que fazer perdurar o mistério do seu desaparecimento.

— Chegando ao posto Creputiá, vamos logo pedir informação sobre o velho pajé Kumuá — disse Doutor Quizila. — Saberemos se ele ainda aparece pra pedir fumo.

— Podemos estabelecer o seguinte — falei. — Se por acaso o velho tiver sumido do posto e ninguém souber nada sobre o menino, podemos seguir a informação de Mebopi e arriscar uma ida até as aldeias barés. Já que estamos aqui...

— Tem razão, Gavião Vaqueiro. Vamos até o vale do rio Negro, de qualquer maneira. Assim, quase toda a região Norte ficaria coberta. E a nossa consciência mais tranqüila por não termos retornado do posto Creputiá.

— Certo, Doutor Quizila. Poderemos conferir, pelo menos, em uma aldeia baré. Depois, se a gente não conseguir nada, voltamos para a fazenda e então para casa.

E continuamos em busca do posto Creputiá.

# 7

O movimento de pessoas, como esperávamos, se repetiu no último posto. Lá, encontramos um inspetor menos brabo da Funai, seu Girão, que nos prometeu ajuda, embora, quando falamos em Kumuá, ele já nos tenha adiantado:

— Velho pajé fumador de cachimbo de barro? Muito índio velho passa por aqui fumando cachimbo de barro. Acho que fizeram a viagem por nada. Quanto a essa história de menino branco em aldeia baré, também nunca ouvi falar. Mas podem ficar por aqui. Talvez surja alguma notícia. Pelo posto transitam muitos índios. Pode ser que algum deles se chame Kumuá. Nunca prestei atenção aos seus nomes. Sim, até uns barés bêbados aparecem por aqui. Tenho de fazer o meu trabalho.

Aquilo nos chamou a atenção — "barés bêbados" —, pois tinha alguma coisa a ver com a informação do índio Mebopi. Ele falara claramente que Kumuá havia se referido a uma aldeia baré onde se bebia cachaça dos brancos.

Seria uma pista? Talvez. A única e frágil pista que tínhamos conseguido até ali.

E esperamos que surgisse no posto Creputiá algum índio baré. Não desistimos, no entanto, de pedir informação a todo tipo de gente que aparecesse por lá. Estávamos numa encruzilhada importante da nossa busca: seguir às cegas ou recuar.

Por deferência do inspetor Girão, passamos três dias hospedados na choça maior do posto, onde dormiam dois funcionários da Funai. Índios, brancos, mestiços, caboclos, todos desfilavam por ali — destinos os mais estranhos se entrecruzando numa clareira profunda da selva.

De vez em quando a notícia de destaque: a invasão de terras por jagunços de coronéis fazendeiros e muitas mortes — líderes camponeses assassinados e defensores do meio ambiente enxotados por madeireiros e donos de serrarias clandestinas.

— Quanto mais nos aprofundamos nessa região, mais felizes nos sentimos por Kaíto e sua gente ainda viverem naquele verdadeiro paraíso. Não é verdade, Doutor Quizila?

— É verdade. Que Deus lhe dê forças e muitos anos de vida para que ele continue a preservar a sua nação kamayurá, lá no Xingu.

Sem dúvida que as tribos recolhidas ao Xingu eram as que ainda viviam com relativa liberdade e independência, mas o cerco se fazia cada vez mais apertado diante de uma realidade sem perspectiva de mudança.

Conversamos com seu Girão sobre o assunto e ele nos disse com certa revolta:

— A gente precisa aqui é de patrulha do exército, com tanques e bazucas, ou isto vira anarquia. Tudo é comandado pelos fazendeiros ricos, que têm as costas quentes. São sempre amigos de governadores ou políticos influentes.

— E os índios, nascidos aqui, são as maiores vítimas em sua própria casa. Que ironia... — comentei.

— Isso mesmo — continuou o inspetor Girão. — Os índios e pequenos proprietários perdem as suas terras à força.

— E os destacamentos da FAB que existem por aqui? — perguntou Doutor Quizila.

— Eles só servem pra receber os mantimentos e remédios que às vezes as autoridades mandam para algumas tribos. Não têm poder de patrulhamento nem repressão. Nenhum comando mais forte, nenhuma força.

Insistindo na informação sobre o menino branco em aldeia baré, o inspetor Girão acabou admitindo que uma vez, há muitos anos, ouvira algo parecido. Mas, pelo menos nos últimos dois anos, não correra nenhum boato sobre o assunto.

Foi então que um dia, já desesperançados e sem saber por quanto tempo esperar antes de viagem mais longa pelo vale do rio Negro, tivemos uma grande surpresa: quem aparece no posto Creputiá, como surgido do nada ou do misterioso fundo da floresta?

Sim, nada menos do que o velho pajé Kumuá, o fumador de cachimbo de barro, personagem intrigante do índio Mebopi e que o inspetor Girão afirmara nunca antes ter visto pelas redondezas.

— A nossa espera valeu! — gritou Doutor Quizila, quando vimos aquele índio se aproximando do armazém, cachimbo grande dependurado a um canto da boca.

Eu e meu amigo estávamos limpando as nossas carabinas, já pensando em prosseguir viagem, mas sempre observando os transeuntes.

O curioso foi que o inspetor Girão vinha logo atrás do índio velho, já nos acenando com as duas mãos.

— É o pajé Kumuá — gritou. — Reconheci assim que ele chegou aqui no posto.

Fomos em sua direção. O velho estava com o corpo sujo de pintura antiga e tinha os cabelos brancos compridos, na altura dos ombros. Os olhos vivos, de gavião, nos observavam.

Quando chegamos perto do velho índio e do inspetor Girão, Doutor Quizila perguntou:

— É mesmo o pajé Kumuá?

A resposta do velho foi outra pergunta:

— Branco tem fumo?

A voz era forte, sem sinal de decrepitude.

— Arranjamos fumo — eu disse. — Mas queremos saber se é mesmo o pajé Kumuá.

O velho tirou o cachimbo da boca, cuspiu de lado e fez outra pergunta:

— Como é que branco conhece o véio Kumuá? — Perfilou-se todo, corpo teso e ereto, e acrescentou: — Pajé Kumuá, índio desana, véio sábio.

— Ganhou o seu fumo, pajé — disse Doutor Quizila e foi remexer nos seus embornais de viagem.

Em pouco tempo trazia para o índio um bom pedaço de fumo de rolo e mais alguns cigarros. Embora não fumássemos, sempre tínhamos a preocupação em levar fumo, cigarros e cachaça, para o caso de algum aperto na floresta. Uma vez, quando fomos ameaçados por alguns nhambiquaras, tivemos de trocar fumo por nossa liberdade.

O velho Kumuá ficou muito satisfeito com os presentes e pediu a Doutor Quizila que picasse o fumo para o seu cachimbo.

O inspetor Girão, chamado por alguém, afastou-se e disse:

— Podem espremer o velho Kumuá. Confesso que não me lembrava de tal figura.

De repente estava ali, à nossa disposição, aquele por quem mais havíamos procurado.

Sorte de novo? As coisas estavam se encaixando à nossa feição? Ou nossa paciência havia sido recompensada?

Então, baseando-nos nas informações iniciais do índio Mebopi, preparamos o velho Kumuá para o nosso interrogatório.

Depois que Doutor Quizila encheu de fumo o cachimbo do velho e o acendeu, estando nós três já sentados na entrada da choça de palha, fiz-lhe a primeira pergunta:

— Pajé Kumuá, você que conhece bem todo o vale do rio Negro, pode nos dar informação sobre aquele menino branco que vive na aldeia baré?

Ele ainda estava degustando a fumaça forte do fumo de rolo, olhos fechados, distante, como entregue a bonitos sonhos ou a um passado de agitadas façanhas.

Ao soar da minha voz, foi abrindo os olhos lentamente, a fumaça do cachimbo em volta do rosto de pele enrugada e maçãs salientes. As orelhas, enormes, tinham dois pequenos pedaços de pau trespassados nos lóbulos.

Doutor Quizila completou a minha pergunta:

— Dizem que o menino branco está sendo treinado pelo tuxaua Inapirico para ser chefe.

— Mais fumo pro véio — Kumuá balbuciou. — Mais fumo pro véio... — Os olhos negros, vivos, agora estavam fitos na minha direção.

Doutor Quizila deu-lhe um pedaço de fumo quase do tamanho de um palmo, que o índio colocou numa pequena sacola que carregava num dos ombros.

De repente disse:

— Baré cachaceiro... Baré cachaceiro... Vem aqui no posto atrás de cachaça... Homem branco não gosta...

E sorriu baixinho, agarrando-se novamente ao cachimbo de barro — mais fumaceira e mais pitadas consecutivas, olhos fechados.

— Está bem, pajé Kumuá — falei. — São esses barés cachaceiros que estão com um menino branco?

O velho fumava sem parar.

"Ele talvez esteja com fome", pensei.

Disse para Doutor Quizila que lhe desse um pouco de farinha de mandioca e um pedaço de rapadura.

O pajé Kumuá, quando viu o alimento, colocou o cachimbo de lado, no chão mesmo, e comeu toda a rapadura — uma rapadura inteira —, jogando na boca sucessivos punhados de farinha, à moda sertaneja.

Esperamos, então, mais um pouco.

Embora de rosto amarrotado, o velho ainda era rijo, e, pelo modo como comeu a rapadura, devia ainda ter todos os dentes na boca.

# 8

Acabada a refeição ligeira — ligeira nos dois sentidos, pois o velho Kumuá praticamente engoliu a rapadura e meio quilo de farinha em instantes —, o índio atacou novamente o seu cachimbo e pediu lume ao Doutor Quizila.

Pitou, pitou, tirou algumas baforadas e começou a nos olhar com curiosidade.

Eu já estava com uma pergunta na ponta da língua, sobre o menino desaparecido, quando o pajé falou:

— Não vi o menino, só me contaram, e por aqui se conta muita coisa. Um menino branco e de cabelo amarelo. O tuxaua ensina ele todo dia. Quer que seu povo tenha um chefe branco, pra brigar igual branco briga, e ganhar coisa do branco, arma de fogo, comida, pássaro de ferro, que voa e vai longe.

— Sabe onde fica essa aldeia dos barés cachaceiros, pajé Kumuá? — perguntei. — Fica no vale do rio Negro, já perto de Manaus?

— Acho que fica no rio Madeira — disse o velho.

Esta nova informação nos servia perfeitamente, pois estávamos perto do rio Madeira, um dos formadores do rio Amazonas.

O pajé Kumuá disse mais:

— Aqui no posto Creputiá vem índio baré dessa aldeia. Cachaça... é cachaceiro.

"Será que este velho também não gosta de uma pinga?", pensei.

De repente o velho começou uma espécie de lenga-lenga, ou um canto ritual — fumava e cantava ou grunhia.

— Ele já está caducando — disse Doutor Quizila. — Tem só momentos de clareza, quando então enxerga a realidade. E depois volta ao escuro da memória. Coitado.

Estávamos nesse pé quando apareceu o inspetor Girão, para saber das novidades. Perguntou:

— Já arrancaram alguma coisa dele?

— Kumuá falou o que disse o índio Mebopi — informei. — Que numa aldeia baré vive um menino branco e que está sendo treinado pra ser chefe da tribo. Mas aqui o nosso pajé não viu nada. Só ouviu contar.

O índio chupava o seu cachimbo com certa gana.

— Ele sabe onde fica a aldeia? — indagou seu Girão.

— Perto do rio Madeira. E Kumuá falou ainda que costuma aparecer por aqui um índio dessa aldeia, um baré cachaceiro. O senhor já viu esse índio? Disse que vem atrás de cachaça.

— Se ele vem atrás de cachaça, aqui no posto, está perdido — falou o inspetor. — Não damos cachaça pros índios. Só alguns mantimentos fornecidos pela Funai.

— E este pobre velho, onde vive? — perguntou Doutor Quizila.

— Agora estou mesmo reconhecendo Kumuá. Não me lembrava do seu nome. O caso dele é triste, a gente ajuda como pode. É um dos últimos da sua tribo, ou pelo menos da sua aldeia. Com a abertura da estrada Transamazônica, todos se dispersaram ou foram pro fundo da floresta, bem ao norte. Mas Kumuá ficou por aqui com a mulher. E vivem perto do rio Tapajós, numa choça de palha paxiúba, que eles mesmos fizeram.

— Dois velhos sozinhos, assim, no ermo da mata? — comentei. — A mulher deve ser velha também.

— Sim, ela é velha, talvez até mais velha do que Kumuá. E doente, acho que está leprosa. Tem umas feridas pelo corpo. Já mandamos um sanitarista dar uma olhada e ele achou que era apenas subnutrição.

— E ficou por isso mesmo? — perguntou Doutor Quizila.

O inspetor Girão abriu os braços:

— O que podemos fazer com os recursos que temos? Sim, ficou por isso mesmo. O sanitarista foi embora... Kumuá e a mulher pescam por lá alguma coisa e nós damos farinha, um pouco de sal e açúcar, e fumo pro cachimbo do velho. Vocês já viram. Ele fuma mais do que um caapora.

O homem gargalhou e acrescentou:

— Acho que é o fumo que sustenta o velho. Pelo menos sustenta os seus sonhos, as suas lembranças do passado.

Enquanto conversávamos com o inspetor Girão, Kumuá fumava tranqüilamente o seu cachimbo de barro.

— Vocês podiam ir com ele — sugeriu o inspetor. — O velho conhece melhor a mata, essa região. Aí aproveitavam e levavam alguma coisa pra velha.

— O que acha, Doutor Quizila? — perguntei.

— Temo que o que ele está dizendo tenha acontecido há muito tempo ou seja apenas um boato. Ou simples caduquice.

— Mas é o que temos, Doutor Quizila. E precisamos mesmo dar uma olhada naquela velha, a mulher de Kumuá.

— Por este lado, tudo bem. Levamos alguma coisa pra ela. E se de fato a aldeia baré está perto do rio Madeira... Uma vez na casa de Kumuá, de lá a gente segue.

— É... E esperar que um baré bêbado apareça aqui no posto, é pura perda de tempo — eu disse. — Vamos arriscar mais uma vez e ir com o velho. Temos de conferir essa informação da aldeia baré.

— Tudo bem, Gavião Vaqueiro — falou Doutor Quizila. — Agora um outro ponto: o que achará disso tudo o próprio Kumuá? Será que está disposto a viajar com a gente?

— Por que não perguntam a ele? — disse o inspetor Girão.

O velho continuava ali perto, mas era como se estivesse alheio a tudo. Apenas fumava e agora não mais grunhia. Sentado no chão, pernas cruzadas, exibindo o peito magro e macerado pela velhice. O que pensava da própria vida atual?

De repente Kumuá olhou para mim e disse:

— Véio pode ir com branco. Pode ir até aldeia baré. Se receber coisa, presente. Fumo, muito fumo.

O inspetor deu uma gargalhada:

— Essa é muito boa. Muito boa mesmo.

Doutor Quizila comentou:

— Me enganei, ele não é tão caduco assim.

— Damos mantimento pra sua casa e fumo pro senhor, Kumuá — eu disse. — Vamos até lá ver se sua mulher precisa de alguma coisa, se ainda está doente. Como está ela, afinal?

— Arapanci pesca todo dia, mulher trabalha firme. Ferida no corpo é porque raspa a pele com língua de pirarucu.

— E por que faz isso, Kumuá? — perguntei.

— Pra tirar sangue ruim. Assim, fica viva.

— Pode ser uma espécie de sangria primitiva — disse Doutor Quizila. — Muitos povos usavam tal prática, até os europeus.

— Mas com língua de pirarucu, Doutor Quizila? — indaguei com espanto.

— Por que não? Ela é tão dura quanto uma serra. Os chineses usavam sanguessugas e ventosas pra retirar o sangue dos doentes.

Voltei-me para Kumuá e perguntei:

— Então a nossa viagem está combinada?

— Branco dá fumo, cachaça não.

— Isso já está combinado, Kumuá. Damos fumo pro senhor e o inspetor Girão ajuda com algum mantimento. Nós damos também alguma coisa dos nossos embornais.

— Arapanci não precisa de nada. Só come peixe cru. Todo dia.

Voltei a falar com o velho:

— Vamos viajar nos cavalos. Pajé Kumuá viaja na minha garupa. É mais ligeiro e não corta os pés nos caminhos.

Acocorado durante muito tempo, Kumuá se levantou até com certa desenvoltura, não demonstrando nenhum estado senil mais sério. Tremiam-lhe as mãos às vezes, a voz ficava embargada, mas mostrava-se disposto e ativo, não fossem aqueles momentos de alheamento quando fumava seu cachimbo.

— Nem reumatismo ele tem — falou o inspetor.

Eu e Doutor Quizila nos mantínhamos sérios, respeitosos, a fim de mostrar ao velho que não lhe éramos superiores, nem que fazíamos pouco da sua pobre vida. O inspetor Girão, cheio de preconceitos, talvez encarasse Kumuá e os demais índios como marginais em um sistema onde ele tinha a sua própria posição de mando garantida.

E insistiu naquela brincadeira:

— Não sente dor nas juntas, Kumuá? Nos ossos? Ainda está um velho inteiro, não é?

O índio respondeu, depois de olhar para as botas do inspetor:

— Abelha jandaíra, bom remédio pro osso. Kumuá levou ferrão como remédio. Não tem reumatismo. Não vai ter nunca. Mas branco, todo vestido e de bota, vai morrer entrevado. Toda a natureza é nua e sábia. Roupa apodrece no corpo porque a pele não gosta.

— Que conversa mais esquisita, Kumuá — reagiu o inspetor.

— Ele tem razão num ponto — disse Doutor Quizila. — Já tinha ouvido falar nisso: o ferrão da abelha, ou do marimbondo, tem alguma substância que evita o reumatismo. É da sabedoria popular lá do Nordeste. E, como o homem é um só, em qualquer canto, os índios sabem disso.

O inspetor resolveu encerrar o assunto e disse que ia preparar alguma coisa para levarmos à mulher de Kumuá.

Já era tarde de um dia calorento e ameaçador de chuva. Um dia cheio, preenchido pela estranha conversa do velho índio.

Kumuá disse que queria voltar para casa antes do escurecer. Dormiríamos na sua choça e de manhã, bem cedo, partiríamos em busca da tal aldeia baré.

Assim, após o combinado com Kumuá, fomos fazer os arranjos para a nova viagem, agora rumo aos rios Tapajós e Madeira.

De qualquer maneira, após a informação do índio Mebopi, iríamos seguir naquela direção. O que não sabíamos é que levaríamos conosco um velho índio pajé, inveterado fumador de cachimbo.

# 9

Com o velho Kumuá na garupa do meu cavalo, fomos em direção ao rio Tapajós.

Ele tinha guardado o cachimbo na sacola de palha, que levava sempre num dos ombros. O cachimbo era impróprio para viajar, ali pregado no meu cangote, mas Kumuá não dispensou uma pele de fumo, que passou a mascar à maneira nordestina.

De fato ele não morava longe do posto Creputiá. Escondia-se praticamente num casebre velho, redondo feito maloca, meio esburacado. A mulher, Arapanci, era bem mais nova do que Kumuá e não parecia estar com doença alguma.

Descobrimos as estrias no seu corpo magro, algumas feridas nos pés, mas Doutor Quizila acabou constatando que as chagas eram provocadas pelos mosquitos, abundantes na região.

— O mosquito vem, pica, a mulher coça, com as unhas grandes e sujas, e as feridas aparecem — constatou ele.

Tivemos de dormir do lado de fora, ao relento — já velho hábito nas viagens pela floresta —, pois dentro da choça só cabiam mesmo os dois velhos índios.

A mulher não nos olhou diretamente, nem trocou uma só palavra com o companheiro. Descascava algumas raízes de mandioca quando chegamos e assim permaneceu até se recolher ao casebre escuro.

— Abandonados e esquecidos — comentou Doutor Quizila. — Quem se importa? O homem? A natureza?

Estávamos apenas constatando um fato corriqueiro na Amazônia, desde que o homem branco começou a embrenhar-se na região. Mais precisamente quando os fazendeiros trouxeram seus rebanhos de gado e estradas foram abertas, e pastos plantados, e gente de toda espécie atraída para as terras, para os garimpos.

Aos poucos, com fiscalização do governo ou não, as terras indígenas foram sendo reduzidas ou literalmente suprimidas, as aldeias incendiadas, os índios dispersos. Muitas vezes, depois de um grande massacre em alguma tribo, sobravam dois ou três para contar a história de horror.

Kumuá e Arapanci eram a sobra, o sobejo, de uma aldeia desana, povo outrora cheio de tradições e rica cultura. Muitos anos depois de ter conhecido o pajé Kumuá e sua mulher, tive a ventura de ler um livro sobre o seu povo e escrito por um desana: Tolamãn Kenhíri, que tinha aprendido a ler e escrever com o branco. O livro fora ditado por seu próprio pai, Umúsin Panlõn Kumu.

Publicado por uma editora de São Paulo e tendo introdução da antropóloga Berta Ribeiro, *Antes o mundo não existia* ficou como o único documento da heróica mitologia dos índios desanas. Tolamãn acabou adotando o nome de Luiz Lana, e a mulher passou a se chamar Catarina. Muitos desanas se espalharam por aldeias dos tucanos e pirá-tapuias, perdendo de vez a característica da sua cultura.

Agora estavam ali, diante de nós, dois velhos meio bêbados de fumo e sofrimento, desorientados, esquecidos até mesmo do que lhes tinha acontecido. Viviam à beira do rio, comendo peixe cru e esperando pela morte. Um dia, um deles ficaria sozinho, e mais triste ainda. Alguém já pensou em criar um abrigo para índios velhos e abandonados?

— Vamos ajudar Kumuá e Arapanci — eu disse. — Pelo menos terão comida boa por algum tempo, saindo dessa dieta horrível de peixe.

Antes de partirmos, em busca da aldeia baré, deixamos muita coisa com a velha Arapanci. Mantimentos que nos tinha fornecido o inspetor Girão e mais rapadura, farinha e carne seca do nosso próprio suprimento, além de mais um pedaço de fumo para o pajé. Um pacote de biscoitos Maria, Doutor Quizila entregou nas mãos de Arapanci, que, nervosa, trêmula, abriu e foi logo experimentando. Mastigou rápido o biscoito e engoliu, colocou outro na boca, e pela primeira vez falou conosco.

— Bolacha boa. Arapanci agradece. Kumuá viajar com branco. Kumuá muito velho, pode morrer.

Ela estava justamente temerosa do que há pouco cogitávamos: de repente ficar sozinha, naquele ermo, à beira de um rio indiferente aos seus problemas.

Doutor Quizila deu-lhe ânimo:

— Não se preocupe, Arapanci. Levamos Kumuá e o traremos de volta são e salvo. Ele nos presta favor e ajudamos vocês. Se não sabem mais fazer fogo à moda índia, deixamos também com vocês algumas caixas de fósforos e ensinamos como se faz uma fogueira. Assim, não vão precisar comer peixe cru.

— Deixe logo os fósforos com ela, Doutor Quizila — falei. — E faça uma fogueira pra Arapanci ver.

Não estávamos explorando o velho, forçando-o a ir conosco, nem fazendo uma simples troca pelo seu trabalho. A nossa ajuda era sincera, na medida das nossas possibilidades. Se Kumuá estivesse, de fato, decrépito, não faríamos aquela viagem. Mas o velho, apesar da idade avançada, ainda estava rijo como um tronco de jatobá. Esperto, embora com aquela normal mistura de sonho e realidade na cabeça.

Assim, voltando a pensar no menino Jonas e no coronel Torquato e sua mulher — outro tipo de sofredores num mundo de ameaças —, fomos em busca daquela aldeia dos índios barés.

Quando já estávamos montados nos cavalos — Kumuá na minha garupa —, Arapanci se aproximou de nós e disse:

— Tive sonho. O menino está lá, só esperando. Kumuá vai encontrar o menino branco.

— Que bom, Arapanci — eu disse. — Ficamos satisfeitos em ouvir isso. Se o menino estiver lá, vamos encontrar. Os pais dele vão ficar felizes.

— Sonhei mais — ela continuou. — Sonhei com velho Kumuá, fumador de cachimbo.

O pajé mantinha-se calado, só escutando.

E Arapanci completou, para nosso espanto e hilaridade:

— Kumuá procurou Arapanci no sonho e se deitou com ela. Muita vez ficou com ela, gemendo e gemendo.

A velha sorriu pela primeira vez e, ao gargalhar — uma gargalhada sonora, estridente —, vimos que não tinha um só dente na boca.

Senti de repente meu cavalo dar um pulo e sair em disparada, quase não atendendo à rédea — Kumuá tinha cutucado a ilharga do animal, como se não quisesse ouvir a gargalhada meio debochada de sua mulher.

Rimos muito com aquilo, Doutor Quizila já emparelhado comigo, num galopar firme rumo ao rio Madeira.

Sobre o sonho de Arapanci, Kumuá não deu uma só palavra, mas abriu logo a boca, quando comecei a lhe fazer novas perguntas.

Aos poucos foi esclarecendo alguns detalhes e acertando pontos que tinham ficado obscuros em relação à conversa com o caçador Setembrino e o índio Mebopi. O nosso interesse visava um só objetivo: menino branco, menino-onça, índio com pele de onça, aldeia estranha com um tuxaua sem guerreiros. O que havia de realidade em tudo isso?

Comecei assim, sentindo a quentura do corpo de Kumuá nas minhas costas e o seu hálito de fumante:

— Pajé, me diga uma coisa. Essa aldeia dos barés é muito grande? Tem muitos índios? Sei que não conhece a aldeia, mas ouviu falar alguma coisa sobre ela? Muitos guerreiros?

— Não tem muito guerreiro. Guerreiro se foi, acabou. Tuxaua Inapirico treina os menino pra guerreiro. Aldeia baré é pequena, choça sem gente. O tuxaua é caçador de onça, matador de onça.

— Explique melhor essa história de matador de onça.

Cavalgando ao nosso lado, Doutor Quizila ouvia a conversa.

— Tuxaua Inapirico mata onça pra usar a pele — disse o índio. — E ensina os curumins a usar a pele de onça. Assim, assusta qualquer branco que se aproxime da sua aldeia. Muito caçador falou isso. Viu os curumins com pele de onça. Onça canguçu pintada.

— Os curumins atacam os rebanhos de gado dos fazendeiros? — perguntou meu amigo.

— Isso não sei dizer. A caça é pouca na região. Inapirico, quando coloca a pele, vira onça pintada, e onça canguçu mata qualquer bicho, qualquer gente.

— Que história é essa, Kumuá? O tuxaua Inapirico vira onça pintada? — indaguei.

— Vira. Inapirico é poderoso feiticeiro. É o que caçador conta no posto. Eu não vi nada. Nunca vi Inapirico, nem os curumins. Mas Inapirico tem o poder. Tem o poder.

— Poder de virar onça? — perguntou Doutor Quizila.

— Sim, tem o poder.

"Este velho está brincando com a gente", pensei.

— E Inapirico ensina curumim a virar onça também — ele continuou. — Assim, vai ter muito guerreiro-onça.

— Os meninos vão virar onça, Kumuá? — perguntei.

— Vão. Inapirico tem esse poder. Ninguém encosta na aldeia dele, por medo. Muita onça morta, cada vez mais pele pros guerreiros.

— E quanto ao menino branco, Kumuá, é um dos meninos-onça? É o chefe deles?

— Não sei, pode ser. Nunca vi. Chefe de tudo é Inapirico. Pode ser que um curumim seja chefe dos curumins. Chefe branco, de cabelo amarelo. Pode ser. Já contaram isso?

— E aquele baré bêbado que aparecia no posto Creputiá? — indaguei.

— É inimigo de Inapirico e vive sozinho no mato, sem mulher. Kumuá tem Arapanci. Baré bêbado não tem ninguém.

— Vive lá perto da aldeia de Inapirico? — perguntei.

— Vive. Quer voltar e matar Inapirico, e ser chefe. Mas se entrar a onça come. Ele tem medo.

"O baré é inimigo de Inapirico...", pensei.

A história de Kumuá, contada aos poucos ali na minha garupa, estava ficando mais clara, mas ao mesmo tempo mais enrolada e estranha. O que pensar? Seria tudo verdade ou caduquice do velho? Havia muitos pontos de ligação com as outras histórias.

Então achamos, eu e Doutor Quizila, que seria importante falarmos com aquele índio baré, bêbado ou sóbrio, onde quer que ele estivesse. Ele seria a chave de tudo ou um ponto de partida mais concreto em relação à aldeia de Inapirico e os meninos-onça.

Embora pensando assim, viajamos até o meio-dia rumo à aldeia baré de Inapirico. Atravessamos o rio Tapajós, na sua parte mais estreita, e seguimos rumo ao leste.

No primeiro acampamento, Doutor Quizila disse:

— Pajé Kumuá, o senhor não sabe onde vive aquele índio inimigo do tuxaua Inapirico? Podíamos, antes de entrar na aldeia baré, falar com ele. Saber sua opinião. Se é verdade mesmo essa história de onça.

— História de onça é verdade — gritou Kumuá.

Ao descer do meu cavalo, para acampar, Kumuá voltava logo ao cachimbo de barro malcheiroso. E tirava longas e pensativas baforadas.

— Índio baré bêbado mora do outro lado da aldeia. Inapirico não quer conversa com ele. É chamado de Gualabé. Ele quer tomar poder de Inapirico, mas não tem pele de onça, que protege o tuxaua. Ele anda sozinho, sem guerreiro. Não tem força. E bebe. Bebe até cair.

— Por que Gualabé bebe? — perguntei.

— Pra ter sonho que um dia foi chefe.

— Gualabé foi chefe dos barés?

— Foi chefe, Inapirico botou pra fora. Gualabé quer voltar, mas tem medo do tuxaua-onça.

— E o menino branco está mesmo nessa aldeia baré, Kumuá? — perguntou Doutor Quizila.

— Diz Gualabé que está. Menino forte, cabelo amarelo. E briga como onça, Inapirico ensinou.

— Foi o próprio Gualabé quem lhe deu esta informação? — indaguei. — Ouviu tudo isso dele mesmo ou de algum caçador?

— Ouvi de caçador e de Gualabé. O caçador contou que onça estava desaparecendo por causa de Inapirico. Ele caçava tudo pra tirar a pele e imitar urro e briga de canguçu.

— E como podemos localizar Gualabé? — perguntou Doutor Quizila. — Ele se esconde, com medo de Inapirico?

— A gente passa da aldeia e vai indo, vai indo — disse Kumuá. — Aí Gualabé encontra.

Iríamos, mais uma vez, como se diz, dar um tiro no escuro?

— E por que Gualabé encontra a gente? — indaguei.

— Porque quer cachaça — respondeu o velho com certa lógica. — Todo branco carrega cachaça.

De qualquer maneira era bom arriscar, seguir a intuição do pajé Kumuá, deixando-nos surpreender por Gualabé.

Tudo nessa viagem parecia ter sido forjado pelo acaso, desde as primeiras informações do caçador Setembrino, ainda na Fazenda Buriti.

Afinal, não tínhamos nada a perder se fôssemos em frente, embora corrêssemos risco de vida por causa do pajé-onça Inapirico. E ainda tínhamos de conferir a veracidade das informações do velho Kumuá.

Estranho, mas o pajé parecia ter a maior urgência em encontrar Gualabé. E após meia hora de descanso, antes mesmo de eu montar no cavalo, já lá estava ele escanchado na minha garupa.

Quando montei, Kumuá disse:

— Pajé velho está ajudando Gavião e o amigo. Tratou bem Arapanci. Kumuá podia fazer isso de graça.

— Está bem, pajé — eu disse. — Vamos ver o que acontece daqui pra frente. Esperamos que Gualabé nos encontre.

# 10

Já estávamos a meio caminho do rio Madeira.

Pouco a pouco íamos conhecendo melhor o velho Kumuá, um ser humano de certo modo excepcional, que nos fazia lembrar o avô de Kaíto dos kamayurás, o velho Tamãi.

Ele, na verdade, não parecia estar tão aéreo ou senil, e tudo quanto dizia tinha um certo nexo — talvez ainda estivesse traumatizado com a destruição da sua tribo, da sua aldeia, e com a perda dos valores afetivos da sua gente. Não podíamos avaliar o quanto haviam sofrido aqueles dois velhos que, como sementes murchas, não mais germinariam.

Hoje, Kumuá e sua mulher eram a bem dizer párias, mendigos, assim como muitos outros índios espoliados e abandonados à própria sorte. Comentei isso com o Doutor Quizila e ele disse:

— O pior ainda está por vir, Gavião Vaqueiro. Como se diz, o avanço da tal civilização é irreversível. Mais povos puros e inocentes serão sacrificados.

Num dos pernoites que fizemos na mata, cheguei à conclusão de que Kumuá já nos contara tudo o que sabia sobre os barés, sobre Inapirico e Gualabé. E passara a falar a esmo sobre muitas coisas, às vezes recordando antigas histórias.

Então aproveitei para lhe fazer novas perguntas, pois queria saber mais sobre o vale do rio Negro.

— Os tarianas e jibóia-tapuias viveram também no vale — disse Kumuá. — Tudo foi embora, desapareceu.

— Não sobrou nenhuma aldeia na região? — indaguei.

— Se sobrou, não sei. Muito índio se mudou mais pra cima ou se esconde na serra do Norte. Branco está chegando lá também. Índio não tem mais pra onde ir.

— Ele sabe o que o senhor, Doutor Quizila, e todo homem de bom senso sabem — eu disse. — "Mais povos puros e inocentes serão sacrificados."

— É, e muitas das reservas indígenas não resolvem o problema — falou meu amigo. — A reserva mais organizada é a do Parque Nacional do Xingu, devido à ação de alguns caciques mais espertos e inteligentes, como Raoni, dos txucarramãe, e Kaíto, dos kamayurás. Mas até quando eles agüentarão?

Kumuá ouviu calado o que Doutor Quizila disse. Depois pediu fogo para acender seu cachimbo, levantou-se e ensaiou alguns passos de dança, cantando algo parecido com *uuú, uuú, uuú... daá, daá, daá...* E gemia como se estivesse chorando.

Ficou alguns minutos fazendo isso. De vez em quando parava para pitar o velho cachimbo, e em seguida retomava a cantilena.

De repente, não mais cantava nem fumava. Ereto, fitando-nos com os olhos negros do gavião-rei, murmurou, a voz quase sumida:

— Desana, tucano, tapuia, jibóia, cobéua, baré... Tudo se acabando, tudo se acabou.

— Ele está homenageando os mortos — disse Doutor Quizila.

O velho continuou, sem fumar e sem chorar. Sério, o sofrimento esculpido na sua pele enrugada:

— Ficou Kumuá e Arapanci pra contar história.

E, para o nosso espanto, disse:

— Tuxaua Inapirico quer viver. Quer sua tribo vivendo. Luta, é guerreiro. Ele tem vivido muitas luas e muitas histórias.

E Kumuá passou a nos contar uma história curiosa a respeito de Inapirico:

"Foi no tempo que não tinha noite e Inapirico já era vivo. Índio assava peixe e caça no sol quente, porque também não tinha fogo. O pajé Inapirico disse que ia dar um jeito nisso e catou o dono da noite, um velho feio, Tarô-Bequê, primo do sapo. E como ele tinha uma filha, Inapirico, pra facilitar, pediu a moça pra casar, queria que ela fosse a sua mulher.

Como todo velho que tem filha, Tarô-Bequê queria casar também a sua. Aí deu ela pra Inapirico. A moça foi pra casa com ele, mas logo reclamou porque Inapirico só vivia trabalhando, o tempo todo, e não se deitava com ela. Aí o tuxaua disse que todo mundo trabalhava daquele jeito, o tempo todo, sem descanso, porque não tinha a noite.

A moça falou assim:

— Meu pai tem remédio, Inapirico. Ele é dono da noite. Vá pedir a ele, mas leve um cacete pra bater na cabeça do velho porque ele é muito dorminhoco.

Aí Inapirico foi, levando com ele duas vasilhas grandes pra encher com a escuridão da noite. O tuxaua já estava esmorecido de tanto trabalhar sem descanso. Aquilo tinha de dar certo, por isso se casou com a filha de Tarô-Bequê.

Chegando na aldeia do velho, Inapirico bateu com o cacete na cabeça dele e Tarô-Bequê acordou e perguntou:

— O que quer o meu genro?

— Quero a noite pra poder descansar do trabalho. A sua filha já está reclamando que não me deito com ela. Quero descansar. Trouxe até duas vasilhas pra levar a noite comigo.

O velho pediu a Inapirico pra apanhar o fruto da tiririca, pra ele poder botar dentro o remédio que dá descanso.

E assim foi feito. Mas Tarô-Bequê disse:

— Meu genro não pode abrir a tiririca quando chegar na aldeia baré.

Como todo homem sábio é curioso, Inapirico abriu logo a tiririca e de dentro saltou o escuro da noite e ele dormiu de repente. Só no outro dia — agora tinha dia e noite — foi que chegou na aldeia dele e em casa. Disse pra mulher:

— Eu trouxe a noite, o escuro da noite. Faça comida que hoje já trabalhei muito.

E comeram os dois beijus com peixe moqueado e depois a noite chegou escura como pintura de jenipapo. Inapirico disse pra mulher, ainda no terreiro da aldeia:

— Vamos pra casa descansar porque a noite chegou. Já trabalhei e vou dormir com você. Estou cansado de trabalhar na roça e na pesca.

E assim os dois ficaram juntos porque tinha, de repente, a noite pra unir eles, Itapirico e sua mulher Diroá".

O velho Kumuá se calou e tirou longa baforada do seu cachimbo fedorento, voltando a fechar os olhos. Acho que aquela era a sua maneira de descansar, convocando a qualquer hora o escuro da noite e vivendo as lembranças do passado.

Só para puxar por ele, pela sua esperteza e inteligência, perguntei:

— Pajé Kumuá, diga-me uma coisa. Se Inapirico viveu no tempo antigo, ele é imortal? Ele não morre?

Enquanto o índio abria os olhos, Doutor Quizila completou:

— Se ele estava no começo do mundo, buscando a noite, e está vivo hoje, é porque não morreu.

— Inapirico, tuxaua, poderoso feiticeiro, não morre — disse Kumuá com convicção. — E com a pele de onça que está juntando, toda a tribo não vai mais morrer. Curumim, índio homem, índio velho, se cobre de pele de canguçu e nenhuma flecha pode matar.

— Esta é a idéia mágica de Inapirico em relação às peles de onça — eu disse. — Servem de escudo, de proteção.

— O curioso é que em muitos lugares, aqui ou lá fora, sempre tem alguém querendo fechar o corpo, como se diz, querendo ser imortal. A coisa é muito antiga, mas continua.

— Acha, Doutor Quizila, que Inapirico pensa mesmo em ser imortal?

— Por que não? Isso, consciente ou não, é uma fixação do homem. Ele nunca se conformou com a morte, quer seja um filósofo ou um simples índio da Amazônia. Não é de estranhar que o mito também apareça por aqui.

Eu e Kumuá ficamos escutando o que Doutor Quizila estava contando, assunto provocado pelo próprio pajé:

— Todos os povos têm se preocupado com a imortalidade. Na Rússia, país antigo, existe uma lenda que diz que aquele que atingir a idade de cem anos não morre mais. Alguns acreditam que muitos imortais estão apenas adormecidos na terra e que, a qualquer momento, acordarão. O rei Arthur, da Távola Redonda, é um deles, sabem até onde está repousando. Como também sabem onde dorme Wenzel, o rei tcheco, para acordar um dia. Isso nos tempos mais modernos. Na Babilônia antiga, temos o herói Gilgamesh. Ele recebeu revelações sobre uma planta aquática que traz de volta a juventude. Na China existe uma Ilha dos Imortais, onde, dizem, sábios do passado ainda vivem, como Confúcio, por exemplo. Tidos como imortais, vivendo ou dormindo em algum lugar estariam também Pitágoras e Francis Bacon.

— Nós, simples mortais, poderíamos reconhecer um ser imortal, Doutor Quizila? — perguntei.

Kumuá tinha os olhos arregalados na direção do meu amigo e agora quase não pitava o seu cachimbo.

Doutor Quizila disse:

— Há algumas indicações para o reconhecimento dos imortais, dizem os entendidos. Um homem sábio, por exemplo, desapegado de toda coisa material, pode ser um imortal. Nada de ambição, nem o desejo de interferir, de se mostrar. Muitos livros sagrados, que regem seitas e religiões, teriam sido ditados por seres imortais superiores. Tais livros dão toda a orientação sobre o comportamento humano.

— A Bíblia seria um desses livros, Doutor Quizila?

— Sim. Os profetas e homens de fé, que a escreveram, acreditavam que foram inspirados por anjos, seres imortais. Lá mesmo na Bíblia está escrito: "Toda a Escritura é inspirada por Deus e proveitosa para ensinar, para repreender, para endireitar as coisas, para disciplinar em justiça, para que o homem seja plenamente competente, completamente equipado para toda boa obra".

— Mas Doutor Quizila, até onde eu sei, a Bíblia indica para o homem um outro tipo de imortalidade, por meio da ressurreição. A pessoa teria primeiro de morrer.

— Certo. E Jesus deu o exemplo como seria quando ressuscitou Lázaro. Foi um milagre e há testemunho dele.

— Sim, senhor. Mas tudo na natureza parece indicar que a imortalidade não é individual, e sim coletiva. Uma espécie sobrevive até se extinguir o último indivíduo dela. O nascer, crescer e morrer, de todas as coisas, um ciclo repetindo o outro, não seria imortalidade?

— Bem, Gavião Vaqueiro, talvez a gente só tenha de ter fé, acreditar que não é somente isso. Está lá na Bíblia: "Com o coração se exerce fé".

Kumuá ouviu Doutor Quizila em silêncio, mostrando grande atenção às suas palavras, e quase nem fumando o cachimbo.

Quando meu amigo parou de falar, o índio perguntou:

— Esse livro é a história do homem branco?

— Sim, Kumuá — disse Doutor Quizila, e explicou: — Mas não é só a história do homem branco ou de uma nação. É também a história de todos os homens, índios, brancos, negros, amarelos. E ensina como se deve viver, morrer e voltar à vida.

— Tuxaua Inapirico não leu esse livro.

— Possivelmente não, Kumuá.

— E como é que Inapirico não morre?

Doutor Quizila sorriu da perspicácia de Kumuá, olhou para mim e levantou os ombros, dizendo:

— Inapirico deve ter aprendido a não morrer por outros meios. Só ele sabe.

Kumuá não comentou mais. Agarrou novamente o velho cachimbo, que se apagara, e pediu lume a Doutor Quizila.

# 11

Fomos, no dia seguinte, para a região onde Kumuá acreditava estar vivendo o índio Gualabé.

Durante muitas horas acampamos em vários lugares indicados pelo velho pajé. E bebemos cachaça, a conselho dele, exibindo as garrafas.

— Assim Gualabé vai ver e vai aparecer — disse ele. — Gualabé gosta muito de pinga de homem branco.

Se até então tudo fora esquisito, fora do comum, nessa nossa viagem, o mais estranho ainda estava por acontecer, a começar por essas paradas na floresta à espera de um índio arredio, bêbado, que a gente nem sabia se realmente morava na região.

Como disse o vaqueiro Rosa, amigo do Doutor Quizila, "tudo é a ponta de um mistério. Em volta de nós, o que há é a sombra mais fechada".

Obedecemos às ordens de Kumuá e ficamos naquele compasso de espera, entre o espanto diante das atitudes do velho e a expectativa de qualquer contato com Gualabé.

Passamos o dia inteiro ocupados em mudar, de vez em quando, de lugar, e sempre bebendo alguns tragos de cachaça, virando as garrafas pelo gargalo. O velho também bebia e a cada trago reclamava:

— Água quente ruim, Gualabé é doido se gosta disso.

— Vamos acabar todos bêbados — eu disse.

— E o índio baré não vai aparecer — completou Doutor Quizila.

— Gualabé vai aparecer — falou Kumuá. — Ele já sente o cheiro da cachaça e vem.

E na verdade apareceu, já à tardinha daquele dia.

Mas antes de se fazer ver, Gualabé se anunciou de longe, ainda escondido na mata.

Kumuá logo se levantou e ficou escutando, e depois falou alguma coisa em língua baré. Então Gualabé se mostrou e veio até onde estávamos.

Gualabé nos deu a impressão de ser um índio aculturado, se assim podemos chamar, pois vestia calção de branco e camisa com a propaganda de uma casa comercial. Roupa imunda, cheiro de suor e urucum pelo corpo. Chegou falando e gesticulando muito.

— O que ele está dizendo? — perguntei.

Kumuá traduziu:

— Está dizendo que branco invadiu seu território.

Apesar de sujo e maltratado, podíamos ver que Gualabé era ainda jovem, por volta de uns trinta anos de idade. Magro, subnutrido e com fome.

Foi se aproximando, meio desconfiado — gesto e fala eram para mostrar que não estava com medo.

Quando estava já bem mais perto, pediu logo a Kumuá um pouco de cachaça. Só falava com o velho e sequer olhava para mim e para Doutor Quizila.

— Dou cachaça? — perguntou o velho.

— Dê só um trago e diga logo a ele o que queremos e por que estamos aqui — falei.

— Gualabé sabe fala de branco — disse Kumuá.

O índio baré repetiu:

— Gualabé sabe fala de branco. — Agora olhava para nós e para as garrafas de cachaça.

— Queremos saber de um segredo da tribo de Inapirico — eu disse. — Lá tem um menino branco, de cabelo amarelo? Ele vive na aldeia com os outros curumins que usam pele de onça?

Gualabé não tirava os olhos das garrafas.

— Dê mais um trago pra ele — pedi a Kumuá.

O velho estendeu-lhe a garrafa e ele, rápido, a virou na goela.Tomou um bom trago e quase ficou sem fôlego, os olhos injetados, agora fixos e parados em nós.

Repeti:

— Queremos saber de um segredo da tribo de Inapirico. Lá tem um menino branco, de cabelo amarelo? Ele vive na aldeia com os outros curumins que usam pele de onça?

— Pele de canguçu pintada — acrescentou Kumuá.

— Homem usa também — falou Gualabé. — E Inapirico usa muita pele, muita, pra proteger. Pele da canguçu não deixar passar flecha nem bala de fogo. Inapirico prepara gente-onça pra atacar aldeia de índio e posto de homem branco.

— E o menino branco, está lá na aldeia? — perguntou Doutor Quizila. — Gualabé já viu o menino?

— Yakima é o menino-onça branco. Vai ser o grande chefe dos barés e de tudo. — Abriu os braços e sorriu banguela. — Inapirico prepara Yakima e fala isso.

Doutor Quizila repetiu:

— Gualabé já viu o menino branco?

— Gualabé já viu. É Yakima, valente, menino-onça. Briga com Inapirico igual a Inapirico.

— Briga de verdade? — perguntei.

— Briga faz-de-conta — disse Gualabé.

— É o treino, o aprendizado — falou Doutor Quizila.

— E o menino branco gosta de estar lá na aldeia com Inapirico? — perguntei.

— Yakima, o menino-onça, é filho de Inapirico. Gosta da aldeia e do pai, e quer ser chefe.

— Gualabé, preste atenção — disse Doutor Quizila. — Esse menino branco não pode ser filho de Inapirico. Ele é branco e pode ser o filho de um fazendeiro do Mato Grosso.

— Não... não... — o índio murmurou, de olhos arregalados, e avançou na garrafa de cachaça que estava na mão de Kumuá e a entornou.

— Tome a garrafa dele — falei. — Gualabé bêbado não nos vai servir pra nada.

Doutor Quizila continuou sua explicação, o índio já mais calmo, mas nos olhando desconfiado. Não reagiu ao gesto de Kumuá tomando-lhe a garrafa de cachaça.

— Gualabé, tudo indica que esse menino-onça branco é o filho do coronel Torquato, que desapareceu há dois anos. Seu nome é Jonas. Estamos aqui pra levar esse menino de volta pro seu pai.

Ele balançou a cabeça, negativamente, e fez menção de pegar de novo a garrafa das mãos de Kumuá.

— Dê-lhe mais um trago, o último — falei.

— Queremos a sua ajuda, Gualabé — disse Doutor Quizila. — Ajuda pra tirar o menino branco da aldeia de Inapirico.

— Não... não... — O índio continuava esquivo, assustado. — Perigo. Inapirico mata, mata. Ninguém entra na aldeia dele, ninguém. Pele de onça protege Inapirico e os curumins.

— Você não quer ser o chefe dos barés? — perguntei.

— Gualabé vai ser tuxaua, chefe dos barés, quando arranjar pele de canguçu preta. Não antes, não antes.

— Onça negra é muito difícil nesta região — disse Doutor Quizila. — Arranje um jeito da gente entrar na aldeia de Inapirico e ajudamos Gualabé a ser chefe.

— Ninguém pode ajudar Gualabé a ser chefe. Gualabé tem de fazer sozinho, sozinho.

— Está bem — falei. — Então nos mostre um meio de entrar na aldeia. Só queremos falar com o menino branco, pra saber se é ele mesmo, o Jonas. Damos-lhe algum mantimento e cachaça.

— Yakima, menino-onça, não fala com ninguém. Só com Inapirico, o pai dele. Mora sozinho em maloca.

Kumuá interferiu na conversa:

— Branco trouxe cachaça e fumo. Muita cachaça.

— Sim, lhe daremos um bom estoque de cachaça se pelo menos nos apontar a maloca de Yakima — disse Doutor Quizila.

Meu amigo caminhou até os embornais da sua sela, tirou mais duas garrafas de cachaça e as exibiu para Gualabé. Este arregalou os olhos, e depois, meio cabisbaixo, disse:

— Perigo entrar aldeia de Inapirico, já falei. Ele mata.

— Temos arma de fogo, Gualabé — eu disse. — E não vamos entrar de peito aberto na aldeia. Você não precisa entrar. Como Doutor Quizila falou, apenas nos aponte a maloca do menino-onça. Queremos só falar com o menino, pra saber se ele é mesmo o filho do coronel Torquato.

— Você não precisa entrar na aldeia — repetiu Doutor Quizila.

— Gualabé não precisa entrar na aldeia... — o índio falou pensativo e já parecia mais animado.

— Isso mesmo — confirmei. — Se acontecer alguma coisa errada, protegemos você e o pajé Kumuá.

Gualabé olhou mais uma vez para a garrafa de cachaça.

— A sede dele não tem tamanho — disse meu amigo. — Como Kumuá falou, damos depois mais cachaça e fumo pra Gualabé nos indicar a maloca do menino branco. Não precisa entrar na aldeia.

Difícil convencer Gualabé ou entrar em acordo com ele. O vício da cachaça já lhe devia ter perturbado a mente. Ou o medo que sentia de Inapirico era muito. Como conseguir, algum dia, ser chefe dos barés?

Gualabé olhou para Kumuá e disse:

— Quero ver o fumo... — Até agora, ele só tinha visto a cachaça.

Doutor Quizila cortou, com a sua peixeira, um pedaço de fumo e ofereceu ao índio desconfiado. Gualabé jogou logo o pedaço na boca e disse:

— Gualabé mostra maloca de Yakima. Mostra de fora da aldeia. Mostra e vai embora.

"Ele tem mesmo muito medo de Inapirico", pensei.

— Está bem assim — falei. — Queremos só que nos aponte a maloca, ou mesmo o menino, se estiver à vista.

Tudo combinado, depois do difícil diálogo com Gualabé, pernoitamos, à espera da aventura maior no dia seguinte.

Doutor Quizila ficou sempre de olho em Gualabé, para que ele não voltasse, ceguinho, à bebida.

# 12

Fomos com Gualabé até a aldeia de tuxaua Inapirico, deixando os dois cavalos onde tínhamos acampado pela última vez. E pedimos ao velho Kumuá que ficasse com os animais, cuidando assim também da sua própria segurança. A julgar pelo temor de Gualabé, Inapirico devia ser mesmo terrível.

Pela manhã daquele dia, Gualabé acordou meio mole, esmorecido, talvez de ressaca. Mas depois de tomar um café preto bem forte, preparado por Doutor Quizila, ficou mais animado. De vez em quando comentava, mas sem muita convicção:

— Gualabé, um dia, vai ser chefe dos barés. Inapirico morre, como qualquer índio.

Olhei para Kumuá, que fez uma espécie de careta, como se estivesse zombando de Gualabé.

A aldeia baré não estava muito longe. Em poucas horas de caminhada chegamos e ficamos escondidos observando os arredores e a entrada das malocas.

Era uma aldeia pequena, com poucas casas em forma de semicírculo. Vimos apenas duas mulheres, no pátio, acocoradas, espremendo a mandioca brava para fazer a goma e a farinha. Nada mais. Nenhum movimento.

Um gavião-rei grasnou, sobrevoando a aldeia. Depois, silêncio absoluto. A mata em torno, estranhamente, parecia parada, morta.

— Qual é a maloca do menino-onça? — perguntei a Gualabé. De onde estávamos, tínhamos uma visão de toda a aldeia.

O índio contou nos dedos e depois apontou:

— Um, dois, três... — indicou a maloca a começar da ponta oposta a nós. — Aquela ali, aquela ali. Menino-onça mora lá.

Era uma maloca um pouco maior do que as outras, as palhas da cobertura, de todas elas, estavam secas, o que fazia crer que a aldeia era antiga.

— Onde está Inapirico? — perguntou o Doutor Quizila.

— Caçando onça pintada com os curumins, ensinando a matar. Yakima é o chefe dos curumins.

— Por que o menino branco recebeu este nome de Yakima? — indaguei.

— Segredo de Inapirico. Yakima é mistério e força.

De repente vimos aquelas duas mulheres se afastarem e desaparecerem numa maloca. O pátio da aldeia ficou deserto.

— Só estas duas mulheres vivem na aldeia? — perguntei.

— Só. Mulheres de Inapirico. Depois, quando os curumins crescerem, ele caça mulher pra eles.

Gualabé se assustou e notei que estava trêmulo.

— Inapirico está chegando — disse e se abaixou ainda mais atrás dos arbustos onde estávamos à espreita.

"Como é que ele vai tirar o poder de Inapirico assim?", pensei.

Ficamos atentos, olhando para a entrada da aldeia.

Não demorou muito e vimos movimento na mata, vozes e sussurros ao longe.

Ali estava. Um estranho grupo. À distância davam a impressão de animais — a pele malhada, mas eretos nos dois pés, destacando-se a cabeça, onde a boca escancarada expressava uma ameaça permanente.

— Curumim-onça — sussurrou Gualabé.

— E Inapirico? — indaguei.

— É o mais alto, na frente.

De fato, Inapirico se destacava dos demais. Alto, caminhando firme, a pele da onça pintada indo-lhe até os joelhos.

— Yakima está ao lado dele — disse Gualabé.

Os dois à frente, mais atrás seguiam uns dez outros — a julgar pela altura — meninos, todos com peles de onça pintada. Era um grupo aterrador, que causaria medo em qualquer pessoa ou bicho.

Não podíamos ainda distinguir os cabelos daquele que Gualabé nos apontara como sendo Yakima. O seu corpo estava praticamente todo coberto com a pele da canguçu.

O grupo caminhou até o meio do pátio da aldeia e formou um semicírculo, destacando-se à frente Inapirico e o menino mais alto — supostamente o menino branco.

— Temos de ter certeza se ele é branco — eu disse. — Daqui, olhando para os pés e as pernas, todos parecem ser iguais.

— É ele Yakima — quase gritou Gualabé. — Curumim branco, cabelo amarelo, menino-onça.

Alinhados todos no meio do pátio, Inapirico começou a falar e a gesticular, como se lhes desse ordens. Ficou-se nisso durante um bom tempo. De vez em quando eles gritavam, levantavam suas enormes bordunas e imitavam o miado da canguçu.

Era uma coisa impressionante, que chegou a arrepiar os cabelos da minha cabeça. Olhei para Gualabé. Ele tremia como vara verde.

— E o que acontece depois? — perguntou Doutor Quizila.

— Inapirico luta com Yakima. Ensina golpe de borduna.

Quando olhei novamente para o grupo, os dois já estavam em posição de ataque e defesa — a pele da onça os tornava mais ferozes, bordunas para o alto e a boca, de dentes aguçados, rugindo como se de fato fossem animais.

E assistimos a uma luta difícil, longa, cheia de golpes e contragolpes, as bordunas se entrecruzando — o barulho da madeira invadia o espaço, o rugido de canguçu tornava a luta mais real.

— Se for mesmo o menino branco, como ele aprendeu a lutar assim? — indagou Doutor Quizila.

— Inapirico ensinou tudo o que menino-onça sabe — disse Gualabé, sem querer olhar diretamente para a luta dos dois.

Os outros meninos-onça permaneciam em volta, em silêncio, apenas observando o seu mestre e o curumim que mais se destacava entre eles.

Por momentos tínhamos a impressão de que Inapirico ia ser derrotado, pelo vigor dos golpes que recebia. A disposição de Yakima era incrível, o que nos levou a pensar que, caso fosse ele mesmo o menino branco, talvez estivesse dessa forma tentando se vingar do seu seqüestrador.

Muita coisa nos vinha à mente naqueles instantes de expectativa e dúvida.

— Depois da luta tiram a pele aqui fora? — perguntei a Gualabé.

— Tiram. Tiram a pele e vão guardar nas malocas. Depois tomar banho no rio.

— Temos de esperar pra ver a cabeleira do menino. Não podemos nos arriscar à toa — eu disse.

De repente, recebendo um golpe na cabeça, Yakima foi totalmente dominado e caiu por terra. Inapirico se aproximou rápido dele e colocou sua borduna sobre a boca aberta da pele da canguçu.

Ele vencera. A luta terminara.

Yakima se levantou, enquanto os outros meninos-onça davam urros e miavam. Inapirico permaneceu com os dois braços levantados, a borduna no chão, apoiada em seu corpo.

Inapirico foi o primeiro a tirar a pele de onça — corpo fino, esbelto e musculoso. Os meninos foram tirando também as suas peles, enquanto eu e Doutor Quizila não tirávamos o olho de Yakima.

Depois de dizer alguma coisa para Inapirico, Yakima também arrancou a pele de canguçu e seus cabelos louros se destacaram no resplendor do dia claro e quente.

— É um menino branco, sem dúvida — comentou Doutor Quizila. — E deve ter mesmo entre treze e catorze anos.

Senti uma satisfação incomum por dentro. Será que tínhamos encontrado Jonas? Depois de tanta procura e incertezas?

— É o curumim branco, Yakima — disse Gualabé.

Os meninos se dispersaram na direção de várias malocas.

Inapirico caminhava ao lado de Yakima.

— Vão guardar a pele e descansar — falou Gualabé. — Cada um na sua rede de tucum. Ganhar força pra nova caçada, nova luta. Depois tomar banho.

E vimos, meio decepcionados, que Inapirico e o menino branco entravam na mesma maloca.

— E agora? — perguntou Doutor Quizila.

— Vamos esperar um pouco — eu disse.

De repente o índio baré falou quase aos gritos:

— Quero cachaça, quero tomar gole.

— Calma, Gualabé, não fale alto — chamei sua atenção. — A sua cachaça ficou com Kumuá.

— Velho pajé vai beber a minha cachaça, vai beber.

— Tenha calma — voltei a falar. — Quando a gente voltar, lhe dou a cachaça que puder tomar.

Gualabé estava cada vez mais nervoso. Talvez achasse que já tinha demorado bastante por ali e sentia, mesmo ao longe, a ameaça do tuxaua Inapirico.

Eu e Doutor Quizila, de olhos pregados na maloca de Yakima, esperamos vários minutos, até que o tuxaua saiu de lá e se dirigiu para o outro lado da aldeia.

— Está indo pra maloca das mulheres — disse Doutor Quizila.

Ele entrou na choça de palha e logo as duas mulheres estavam saindo, para retomarem o seu trabalho de espremer a mandioca no centro do pátio.

— Gualabé voltar agora para junto de Kumuá e cavalos — disse o índio. — Falei verdade, não falei? O curumim-onça é branco. Gualabé quer voltar pra junto do pajé velho.

— Está com muito medo ou só pensando na cachaça. Depois desse susto todo, Gualabé vai tomar um porre — comentei.

— Vamos arrodear a maloca do menino e tentar entrar por trás — disse Doutor Quizila. — Podemos liberar Gualabé agora, não é, Gavião Vaqueiro?

— Sim, ele pode voltar pra junto de Kumuá. Do jeito que está, nervoso, pode nos atrapalhar.

Ainda nem bem tinha concordado com Doutor Quizila, Gualabé desapareceu da nossa presença como por encanto.

Tínhamos de agir rápido para falar com o menino-onça.

# 13

Arrodeamos aquele meio círculo de malocas e nos posicionamos bem atrás daquela onde tinham entrado Inapirico e o menino branco.

Quando Yakima tirara a pele da onça, lá no pátio após a luta, não notamos nada de estranho em seu comportamento. Destacava-se o cabelo louro, mas o corpo, com minúscula tanga, estava quase todo encoberto com pintura de urucum, tabatinga e jenipapo. Se tivesse os cabelos pretos, seria difícil saber se era um menino branco.

Deixamos as nossas carabinas a tiracolo, perto das cartucheiras, e empunhamos as nossas peixeiras, que eram armas mais silenciosas e, portanto, mais apropriadas para a situação.

Doutor Quizila afastou um pouco a palha da parede traseira da maloca e olhou para dentro.

— Meio escuro aqui dentro — disse.

Aproximei-me e dei uma olhada.

— Acho que ele está deitado, perto da entrada. Deve estar dormindo, cansado depois daquela luta.

— Espero que esteja mesmo dormindo — disse Doutor Quizila. — Vou abrir mais este buraco pra gente entrar. Enquanto afasto as palhas, Gavião Vaqueiro, veja se ele se mexe.

A coisa foi feita com muito cuidado. Qualquer barulho, o menino podia se assustar e sair gritando.

— Acha que ele está aqui pela sua própria vontade, Doutor Quizila?

— Não sei. Isso vamos descobrir logo.

À medida que o meu amigo afastava as palhas, a claridade foi entrando pela maloca. Agora eu podia ver, com maior nitidez, o menino deitado na esteira de palha de buriti.

— Ele está quieto — sussurrei.

Quando já conseguíamos passar através do buraco, Doutor Quizila disse:

— Vamos entrar. Você na frente, Gavião Vaqueiro. Eu dou cobertura. Pode ir.

A maloca era relativamente grande. Entrei com o maior cuidado, Doutor Quizila logo atrás. Ouvimos o ressonar forte do menino. Aproximei-me dele o mais silenciosamente possível.

De repente, Yakima se engasgou com alguma coisa e despertou. Esfregou os olhos e sentou-se na esteira. Viu os nossos rostos, como duas assombrações, eu bem perto.

Quando ele fez menção de gritar e apanhar a borduna ao seu lado, eu já tapava a sua boca com a mão. Doutor Quizila mais do que depressa segurou as suas pernas.

Os olhos arregalados, Yakima não podia entender o que estava acontecendo com ele.

— Calma, Jonas... Calma, Jonas... — falou baixinho Doutor Quizila, esperando que o menino se acostumasse aos poucos com a estranha situação.

— Somos amigos, Jonas — eu disse.

Ele de vez em quando esperneava, tentando se soltar.

Livres das nossas peixeiras, que tinham voltado à bainha da nossa cintura, podíamos segurar com relativa facilidade aquele menino ainda, mistura de índio e branco, apavorado e ao mesmo tempo tentando se mostrar homem valente.

Eu e Doutor Quizila insistíamos naquilo:

— Somos amigos, Jonas. Não vamos fazer mal a você.

— Você é Jonas, não é?

Notamos que ele ia se acalmando aos poucos.

— Jonas — eu repeti. — Você não é Yakima, é o filho do coronel Torquato, lembra-se?

— Sua mãe chama-se Idalina — disse Doutor Quizila. — Ela sente muitas saudades de você.

— Você não é um índio. É um menino branco — eu disse.

— Vou procurar o tal sinal de nascença na perna dele — falou meu amigo. — É aqui, abaixo do joelho esquerdo. Só assim teremos certeza se é Jonas ou não.

De repente, na exaltação do que estava acontecendo, tive um pensamento pessimista: "E se não for Jonas? Pode ser qualquer menino branco roubado dos pais nesses últimos anos".

— O que encontrou, Doutor Quizila? — perguntei.

— Nada...

— Nada? Como?

— Quero dizer... A pintura não sai aqui da perna. O jenipapo é muito oleoso.

— Passe um pouco de saliva, Doutor Quizila. Não podemos demorar muito aqui. Inapirico pode voltar.

Olhei nos olhos do menino e lhe sorri. Ele agora me observava e não mais esperneava.

Eu ouvia Doutor Quizila cuspir na mão e esfregar na perna do garoto. Fez isso várias vezes.

— E então? — Eu estava angustiado com a espera.

— Acho que estou vendo alguma coisa aqui.

— Jonas, calma — eu repetia, minha mão forte ainda em sua boca. — Somos amigos. Amigos.

— É ele! É ele! — quase gritou Doutor Quizila. — É o sinal escuro. É Jonas.

Notei espanto nos olhos do menino.

— Aqui está o sinal escuro — repetiu Doutor Quizila. — É Jonas, é o filho do coronel Torquato. Deus de misericórdia, quase não acredito. Gavião Vaqueiro, é ele, é Jonas.

— E o menino ainda saberá quem é na verdade? — indaguei, ainda com medo de tirar-lhe a mão da boca.

Doutor Quizila, depois da revelação do sinal, soltou aos poucos as suas pernas.

Aqueles belos olhos azuis continuavam a nos observar. Será que eu notava nele um certo ar de simpatia?

— O que acha, Doutor Quizila? Posso tirar a mão da boca de Jonas? Como ele vai reagir?

— Só temos um meio de saber. Pergunte a ele.

— Jonas... — falei, rosto bem perto do seu. — Somos amigos, amigos de seu pai e sua mãe, dona Idalina. Não vai gritar, chamando por Inapirico, não é mesmo? Assim, todos nós correríamos perigo. Vou retirar a mão da sua boca e você nos conta o que de fato aconteceu.

— Jonas, balance a cabeça, dizendo que compreende a gente — pediu Doutor Quizila. — Faça qualquer sinal com a cabeça.

Ele ficou parado por alguns instantes. De repente gemeu, como se tentasse falar, e mexeu com a cabeça, levantando e baixando um pouco, sob o peso da minha mão.

Eu ainda disse:

— Tenha calma, Jonas. Vou retirar minha mão da sua boca. Não grite. Está bem assim? Compreende?

Ele mexeu novamente a cabeça.

Doutor Quizila, que já soltara as suas pernas, tornou a empunhar a sua peixeira.

Aos poucos, bem devagar, fui retirando a minha mão.

Ele respirou fundo.

Perguntei:

— Lembra-se de que é Jonas? Filho do coronel Torquato?

Inteiramente livre, ele ainda nos olhava com espanto, um certo ar de desafio nos olhos e na boca, como se nos desprezasse.

O que estava acontecendo? Em que estaria pensando?

— Lembra-se de que é Jonas? — repeti.

Ele balançou a cabeça afirmativamente.

Que alívio!

— Graças a Deus — murmurou Doutor Quizila.

— Diga alguma coisa, Jonas — pedi. — Fale. Não fala mais a nossa língua?

— Coronel Torquato, dona Idalina, Jonas... Não se lembra mais destes nomes?

Ele começou balbuciando palavras que ninguém entendia. Depois ouvimos nitidamente:

— Jonas... O pai... A mãe... — esboçou um ligeiro sorriso, os olhos denotando mais sinceridade.

— Isso mesmo, Jonas — eu disse. — Você é Jonas, não Yakima. Não é filho de Inapirico. Você é filho do coronel Torquato e dona Idalina.

— E vai voltar com a gente pra sua casa — completou meu amigo. — Você está aqui contra a sua vontade. Não precisa mais temer Inapirico. Vai voltar pra casa, seus pais o esperam.

Ele balançou negativamente a cabeça e se afastou um pouco de nós, como se temesse alguma coisa.

— Não... não... não... — balbuciou, os olhos novamente arregalados e a boca franzida, um certo ar de desprezo. — Ficar com Inapirico. Não posso ir embora.

— Não tenha medo de Inapirico — eu disse. — Temos armas, vamos protegê-lo.

— Inapirico mata... mata... — O menino ia se arrastando cada vez mais para a saída da maloca.

— Não estrague o nosso esforço, Jonas — falei firme. — Vamos levar você daqui. Vamos embora.

— Não... não...

— Você se lembra, Jonas? Se lembra de tudo? — perguntei.

— Lembro, lembro. Esperei pai... por muito tempo. Esperei, esperei... e ele não veio.

— Compreendemos isso, Jonas — eu disse. — Mas seu pai fez tudo para encontrá-lo. Tudo. E ainda está fazendo. A prova é que estamos aqui à sua procura.

O menino estava agora falando e articulando melhor as palavras, apesar ainda da confusão de pensamentos e indecisão. Tudo bastante natural num momento tão crucial da sua vida. Que ameaças não lhe teria feito Inapirico?

Eu estava entre eufórico e feliz. Era inacreditável que tivéssemos encontrado Jonas, aquela agulha perdida no palheiro verde e perigoso da floresta.

Jonas tinha os olhos brilhantes. De repente deu um suspiro e vi algumas lágrimas descendo-lhe pelo rosto.

— Tudo vai dar certo, Jonas — disse Doutor Quizila. — Só temos de sair daqui e ir embora.

Estávamos ainda os três sentados na esteira onde o menino antes dormia. Eu fui aos poucos observando o corpo de Jonas, que tinha se desenvolvido e estava forte, rijo.

Jonas explicou mais, como se estivesse se desculpando:

— Esperei pai por muito tempo. Ninguém veio. E tive de viver aqui, aprendendo com Inapirico pra sobreviver. Pensei em fugir, mas sabia que estava longe de casa. E resolvi esperar, esperar.

As lágrimas corriam mais abundantes em seu rosto.

— Mãe... Como está mãe?

— Muito bem e esperando ansiosa por você, Jonas.

Quando soluçou alto, puxei-o para o meu peito. Era apenas uma criança com medo, pensei, mas com o discernimento para ficar na aldeia e aprender a esperar, preservando assim a sua vida.

— Devemos ir agora — disse Doutor Quizila.

Afastei Jonas do meu peito e lhe disse:

— Ouça bem isto. Temos dois bons cavalos aqui perto, com dois índios amigos. Saímos por aquele buraco ali, por trás da maloca, e nos embrenhamos na mata. Ninguém vai nos ver. Quando Inapirico descobrir, já estaremos longe daqui.

Ele tornou a reagir com temor, balançando negativamente a cabeça e dizendo:

— Não, não... Inapirico mata... Ele vai voltar logo aqui.

— Então vamos nos mexer e sair — disse Doutor Quizila.

Eu e meu amigo nos levantamos e Jonas continuou sentado na esteira, olhando para o próprio corpo.

Insisti:

— Vamos embora, Jonas. Saímos por aquele buraco.

— Ir embora... — ele balbuciou, parecendo sonolento. — Ir pro pai e pra mãe...

— Isso mesmo, Jonas — eu disse. — Você vai dar a maior alegria a eles. Coronel Torquato e dona Idalina nem vão acreditar. Vai ser um sonho.

Ele olhava agora para a pele de onça dependurada numa das paredes da maloca.

— Você não tem nada a ver com esse menino-onça — falei. — Você é branco e se chama Jonas. Foi capturado pelos índios quando estava na floresta com seu pai. Mas tudo passou agora. Seu sofrimento acabou. Você vai voltar pra sua família.

Ele se levantou, meio bambo, os braços caídos ao longo do corpo, cabeça baixa.

Só então, reparando naquela moleza de Jonas, Doutor Quizila advertiu que ele talvez estivesse dopado, com a droga fazendo maior efeito agora.

— Parece que perdeu a vontade própria — comentou meu amigo.

— O que Inapirico deu pra você beber, Jonas? — perguntei.

— Todo dia ele dá comida e bebida pra mim.

— É alguma erva, talvez epadu — disse Doutor Quizila.

— Vamos levá-lo daqui.

Ainda nem bem acabara de falar, aconteceu o pior. Havíamos nos demorado muito e talvez já fosse tarde demais.

# 14

Na porta da maloca, a silhueta enorme recortada pela claridade do dia, estava Inapirico, como paralisado, naqueles poucos segundos de indecisão de ambas as partes.

Jonas miou feito onça e deu um pulo de lado, pegando a sua borduna.

Eu e Doutor Quizila sacamos a peixeira.

Mas foi Jonas quem nos protegeu, quando Inapirico, rápido como um raio, desfechou um golpe mortal na minha direção. Eu teria sido atingido bem na cabeça, caso o menino não tivesse aparado no ar a borduna do tuxaua.

Meu amigo e eu ficamos de lado e assistimos a nova luta entre Inapirico e o menino-onça.

— Jonas não vai agüentar — falei. — O efeito da droga cada vez mais se acentua.

Doutor Quizila engatilhou sua carabina:

— Se Jonas fraquejar, atiro no índio.

Inapirico deixou de se preocupar conosco e concentrava seus golpes em Jonas, como no desafio lá de fora, no pátio.

Eles circundavam toda a maloca, numa luta feroz, pra valer. Inapirico parecia demonstrar mais habilidade nos saltos que dava. Teria o intuito de nos provar, a nós e ao próprio Jonas, o seu poder?

Não queríamos matar o índio sumariamente. Seria até fácil, bastaria um tiro certeiro. No fundo, pensávamos que aquela luta seria proveitosa para o próprio Jonas, caso ele vencesse, pois assim ficaria livre para sempre do tuxaua Inapirico.

Ouvíamos miados, urros e o barulho da madeira seca das bordunas.

Estávamos agora perto do buraco que Doutor Quizila havia feito atrás da maloca. Pela distância em que nos encontrávamos dos dois, seria até uma imprudência atirar no índio, pois correríamos o risco de atingir Jonas, que continuava a lutar com bravura.

"Lá no pátio Jonas foi derrotado por Inapirico, mas aqui vai fazer tudo pra vencer", pensei.

De qualquer maneira, eu e Doutor Quizila estávamos muito envolvidos para aceitar aquela idéia de deixar que os dois lutassem até o fim, sem dúvida com risco de vida para o próprio Jonas.

Mas era preciso que assim fosse.

Bordunas no ar, entrecruzadas, corpos saltando, urros, eu já podia distinguir o miado de Jonas — ele aprendera muito bem as lições de Inapirico e agora o aluno estava em pé de igualdade com o mestre.

— Por isso Jonas sobreviveu até agora nesta aldeia — sussurrou Doutor Quizila.

E explicou:

— Lá fora, no pátio da aldeia, em demonstrações pros outros meninos-onça, Jonas nunca deve ter vencido Inapirico. Pelo que estou vendo aqui dentro, foi uma tática dele, deixando sempre o tuxaua como o mais poderoso da tribo.

— Quer dizer, Doutor Quizila, que acha que Jonas luta tão bem quanto Inapirico?

— Sem dúvida. Repare nos golpes do menino. Inapirico às vezes parece desconcertado, como se não tivesse ensinado nada daquilo ao seu chefe menino-onça.

Doutor Quizila tinha razão. Conforme a luta prosseguia, Jonas parecia ficar mais desenvolto e eficaz nos golpes, como se a droga ingerida, após o esforço inicial, houvesse perdido o efeito.

Podíamos notar agora, claramente, que Jonas dominava Inapirico e só estava esperando o momento oportuno para derrotá-lo de vez.

O que se passaria na sua cabeça? Talvez, naqueles anos de aldeia indígena, Jonas nunca tivesse tirado a vida de um ser humano. Aprendera a caçar com o coronel Torquato e as artimanhas da floresta com Inapirico. Matara animais, sim. Mas matar um ser humano era diferente.

Eu e Doutor Quizila sempre tivemos um forte escrúpulo quanto a isso, embora reconhecêssemos que, em nossas andanças pela floresta — muitas viagens perigosas —, nos deparávamos de vez em quando com o cruel dilema de matar ou morrer.

O caçador consciencioso, embora abata o animal, grande ou pequeno, acaba por respeitar a vida, quer do pássaro ou da anta. O ser humano é, em princípio, ético. E isso, sem dúvida, o coronel Torquato deve ter incutido na cabeça do filho, para que ele não se transformasse num ser insensível ou num molambo.

Inapirico já dava demonstrações de cansaço, olhando para Jonas com visível espanto.

— Jonas não vai matar o tuxaua — murmurou Doutor Quizila, talvez pensando o mesmo que eu. — Vai derrotá-lo pelo cansaço, mostrando que é mais forte, mais vigoroso.

— E Inapirico irá se conformar com a derrota? — perguntei. — Não procurará vingança?

Então houve um momento, já naquela altura da luta sem tréguas, que Jonas poderia ter abatido Inapirico, mas não o fez, talvez temendo matá-lo.

"Ele quer desferir um golpe, de tal jeito que o tuxaua não corra risco de vida", pensei satisfeito, pois eu acertara ao ver em Jonas sua boa índole, fortalecido pelo tempo em que mergulhara no mistério da floresta e tivera de lutar para sobreviver.

Cada vez mais eu o admirava. Se no começo tive pena dele, pobre criança privada dos pais, em região desconhecida, sendo treinado para ser um índio chefe, agora, no momento em que defendia a própria vida, eu reconhecia a sua coragem e determinação.

E mais, Jonas tinha interferido, com firmeza, na atitude predadora de Inapirico, quando este tentou me atingir. Assim Jonas voltava ao nosso meio, reconhecendo que não era um índio vingador ou um simples joguete nas mãos do tuxaua baré.

A luta continuava, já não tão feroz como no início, como se os dois agora se respeitassem mais e estivessem a ponto de largar as bordunas de lado, aceitando um empate, um equilíbrio de forças.

Já impaciente, pela primeira vez Doutor Quizila falou diretamente a Jonas:

— Atinja Inapirico no peito e na boca do estômago. Ele está cansado, não vai agüentar.

E Jonas não vacilou. Virando a borduna para o seu lado mais grosso, deu uma espécie de mergulho rumo à barriga do tuxaua.

A borduna o atingiu em cheio.

Inapirico vacilou um pouco, de braços abertos, tempo suficiente para Jonas arrancar-lhe da mão a arma.

Ao receber novo golpe no estômago, Inapirico caiu por terra, sem um gemido sequer.

Jonas foi ao seu encontro e desfechou mais um golpe, desta vez num dos lados da cabeça. Ele estava zangado, furioso, e tememos, naqueles instantes, que tivesse intenção de matar Inapirico.

Mas Jonas disse:

— Não mato, está só dormindo.

Doutor Quizila examinou Inapirico e confirmou:

— Está só desacordado. Vai ficar bom.

— Onde aprendeu a lutar dessa maneira, Jonas? — perguntei.

— Com ele... Com Inapirico. Mas sempre que lutei com ele, tive muita raiva de Inapirico. Às vezes, nas lutas, pensava que podia matar tuxaua, mas, se fizesse isso, morreria também.

Inapirico continuava no chão, sem se mexer. Jonas, agora abaixado ao seu lado, olhava-o com certo ar de admiração.

"Eles conviveram, por muito tempo, como pai e filho", pensei.

— Vamos embora — disse Doutor Quizila. — Já demoramos muito por aqui.

— Vamos, Jonas, vamos embora — eu disse, pegando em seu braço. — Inapirico vai ficar bom.

— E não vai querer se vingar, pois foi derrotado numa luta limpa. Ele deve reconhecer isso — falou Doutor Quizila.

Fui levando Jonas em direção ao buraco na parede da sua maloca.

Ele olhou para sua borduna, para a sua pele de onça, e lançou um último olhar para Inapirico.

Saímos rápido pelo buraco e nos embrenhamos na floresta, seguindo em direção ao local onde deixáramos o velho Kumuá e os cavalos.

Fomos nos afastando da aldeia baré, mergulhada agora em profundo silêncio.

"Os meninos-onça devem estar dopados e dormindo", pensei.

— Até agora tivemos sorte — disse Doutor Quizila. — E o que fará Inapirico quando despertar? Espero que eu esteja certo, que ele reconheça ter sido derrotado numa luta justa e limpa.

# 15

Jonas, depois do esforço na luta com Inapirico, estava meio trôpego e com sono.

— A erva voltou a atuar nele — disse Doutor Quizila. — Os curumins devem ser de outras aldeias indígenas, capturados como foi Jonas. E Inapirico controla as crianças desse jeito, dopando-as.

Eu e Doutor Quizila conduzíamos Jonas o mais rápido possível, segurando-o pelos braços.

Tínhamos de nos afastar da aldeia antes que Inapirico resolvesse nos seguir.

— Inapirico quer formar uma raça de guerreiros a seu modo — disse Doutor Quizila. — Quando todos estiverem sob o seu controle, ele vai atacar os postos indígenas e saquear por aí.

A caminhada foi dura.

Aos poucos Jonas foi recuperando plena consciência e vigor. Suando bastante, respirando o ar puro da floresta, o que o faria dormir durante horas agora estava com o efeito reduzido, atenuado.

Quando encontramos o velho Kumuá e Gualabé, os dois pularam de contentes.

— Este é Jonas, filho do fazendeiro coronel Torquato — eu disse. — Lutou com Inapirico como um bravo.

— O tuxaua vem atrás, vem atrás? — perguntou Gualabé.

— Ele não nos seguiu — eu disse.

— E nem vai seguir — completou Doutor Quizila. — Ele foi derrotado e está desacordado.

— Inapirico vem atrás de Yakima — disse o velho Kumuá, os olhos arregalados para Jonas.

— Esta história de Yakima e menino-onça já acabou, pajé Kumuá — falei. — Jonas desmoralizou o poder de Inapirico. Ele é agora o mais forte e poderoso.

Gualabé bateu no peito:

— Se pajé-onça vier, Gualabé se esconde dele, nunca vai encontrar, nunca vai encontrar.

Olhei para o velho Kumuá e ponderei:

— De qualquer maneira, eu e Doutor Quizila estamos preocupados com Kumuá e sua mulher, que não podem lutar contra Inapirico, se o tuxaua permanecer por estas bandas.

— Só temos de alertar Gualabé de uma coisa — disse Doutor Quizila, agora dirigindo-se ao índio baré: — Se por acaso você cair nas mãos de Inapirico, nunca diga a ele que fomos ajudados pelo pajé Kumuá. Nunca. Se puder mesmo, evite qualquer encontro com o tuxaua. Afinal, ele não sabe quem nos ajudou a entrar na sua aldeia. Não sabe de você nem de Kumuá.

— Fica tudo sob a sua responsabilidade, Gualabé — eu disse, reforçando as palavras de meu amigo.

— Não vou falar nada, nada, porque Inapirico não pega Gualabé. Velho Kumuá e mulher não ter medo.

Poderíamos confiar no índio baré? E quando tomasse um porre, como é que ficaria? Talvez saísse alardeando a sua participação no episódio da fuga de Jonas.

De qualquer maneira, entregamos-lhe o fumo e a cachaça prometidos e nos despedimos com novas recomendações.

Fomos em busca da casa do pajé Kumuá, que já demonstrava cansaço após um dia inteiro de excitação e medo.

Galope puxado, sem descanso, nossas paradas foram rápidas — um olho na trilha à frente e outro atrás. Na verdade, seria difícil Inapirico nos seguir naquela nossa marcha a cavalo sem tréguas.

Kumuá na minha garupa, Jonas na garupa do Doutor Quizila, quase não tivemos tempo de conversar. O certo era que Jonas estava mais confiante e já quase livre do atordoamento causado pelo aprisionamento e pela droga que lhe ministrava Inapirico.

Por fim, cavalos já esfalfados, chegamos à casa de Kumuá. Arapanci, sua mulher, nos recebeu com grande alegria. Contou que havia pescado peixe e assado, fazendo fogo com os fósforos dos brancos. E pediu que pernoitássemos com eles.

— Pernoitar? — falei em tom de brincadeira. — Vamos dormir por três dias seguidos.

Liberamos os cavalos, peados, para o pasto natural, e fomos tomar um banho numa das aguadas do rio Tapajós. Kumuá nos acompanhou e Jonas pôde se livrar de toda a sua pintura corporal.

Já noite, voltamos à casa de Arapanci, para um gostoso jantar de peixe pacu, que ela assara num pequeno moquém improvisado.

Jonas, agora vestido com um calção que lhe dei, estava disposto e alegre, mas podíamos sentir a sua preocupação, causada por aquele entrecruzamento de passado recente e futuro imediato. Mais de dois anos fora de casa, adquirindo novos costumes, novos hábitos, comendo comida de índio e sendo treinado para matar.

Muito agradecido a nós dois, de vez em quando repetia:

— Gavião Vaqueiro... Doutor Quizila... Como meu pai foi encontrar, por fim, estes dois heróis milagreiros?

Eu e Doutor Quizila ainda estávamos preocupados com uma coisa: a segurança de Kumuá e Arapanci. Se Gualabé soltasse a língua, preso por Inapirico, eles estariam perdidos.

Falei diretamente aos dois velhos:

— Kumuá e Arapanci não querem se mudar daqui? Fazer casa noutro lugar, onde Gualabé não conheça? Assim evitam vingança da parte do tuxaua Inapirico, caso ele descubra que nos ajudaram. Não confiamos em Gualabé, principalmente se estiver bêbado.

— Kumuá e Arapanci ficar aqui, onde tem peixe — respondeu ele. — Agora não tenho mais medo do pajé-onça Inapirico. Yakima é mais forte. Lutou e ganhou luta.

Jonas sorriu e lhe disse:

— Gavião Vaqueiro tem razão, Kumuá. O tuxaua Inapirico pode vir. E os outros curumins seguem o guerreiro chefe. Pode ser perigoso.

— O que acha, Doutor Quizila? — perguntei.

— Sem dúvida é perigoso os dois ficarem aqui, caso Inapirico descubra tudo. O que podemos fazer é levar os dois para o posto Creputiá e explicar a situação ao inspetor Girão.

Os dois velhos concordaram em passar algum tempo no posto indígena, pelo menos até Inapirico desistir de procurar Jonas.

Dormindo do lado de fora da choça de Kumuá, tivemos uma surpresa desagradável à noite: uma chuvarada medonha, com relâmpagos e trovões. Como não podíamos nos refugiar na velha choça, devido ao seu tamanho, acabamos ficando debaixo de um pé de jatobá com mais goteiras do que uma casa de palha malfeita.

No dia seguinte levamos os dois velhos para o posto Creputiá.

O inspetor Girão se admirou com o que viu: dois homens brancos, barbados, em seus cavalos, tendo um deles, na garupa, um menino louro, e o outro, um velho índio. Para completar o quadro, ao lado, seguindo-nos, a mulher de Kumuá com uma trouxa na cabeça. Ela nunca aceitou a garupa de qualquer dos nossos cavalos.

— Deus de misericórdia — ele gritou. — Nunca pensei que fossem voltar. Muito menos trazendo o menino. É este mesmo o filho do fazendeiro?

— É ele mesmo, inspetor Girão — eu disse. — É Jonas e está de volta pra casa.

Expliquei a situação de Kumuá e Arapanci, e o inspetor disse que acolheria os velhos por algum tempo, até considerarem que já tinha passado o perigo. E ainda prometeu levar um destacamento da FAB, que ficava perto do posto, para verificar o que se passava naquela aldeia baré.

E assim, tudo mais ou menos acertado, pagamos ao inspetor Girão por mais alguns mantimentos e pela estadia dos velhos índios. Em seguida fomos embora, pois tínhamos pressa em levar o jovem Jonas à presença de seus pais.

De onde estávamos, era muito longe pra gente pegar um avião em Manaus ou Belém — como queriam os pais do menino —, mesmo se tomássemos alguma embarcação no Tapajós ou Madeira. Preferimos voltar a cavalo, com Jonas na garupa, rumo a Cuiabá. A distância, por terra e a cavalo, era quase a mesma na direção daquelas duas capitais.

A viagem de volta foi mais lenta, para não cansar Jonas e os nossos animais, que agora levavam carga sobressalente, com o menino fazendo rodízio nos cavalos.

Mas, de qualquer maneira, o nosso regresso foi mais rápido do que esperávamos — pouca chuva pelo caminho e sem nenhum contratempo, a Fazenda Buriti, do coronel Torquato, parecia também que ia ao nosso encontro.

Jonas, agora, já conversava bastante bem conosco e acabou contando, num dos nossos pernoites na floresta, como tinha sido o seu rapto.

— Seu pai contou que lhe ensinou a sobreviver na mata — eu disse. — Então por que não fugiu de Inapirico? Poderia ter encontrado algum seringueiro, algum caçador.

— Sim, meu pai me ensinou a sobreviver na floresta. Foi por isso que não quis me arriscar, por saber dos perigos, na distância em que me encontrava. Meu pai me ensinou também a ter paciência e esperar. Aprendi luta com Inapirico, aprendi a manejar a borduna e tinha força pra matar o tuxaua, como viram. Mas podia ser morto pelos curumins na aldeia. E mesmo pelas duas mulheres, muito valentes. E fui ficando, esperando oportunidade. E fazia de conta, pra Inapirico, que tudo estava bem, que eu gostava de ficar na aldeia.

— O tuxaua Inapirico estava mesmo treinando vocês pra atacar o posto Creputiá e os outros? — perguntei.

— Sim, Gavião Vaqueiro. Não só os postos, mas aldeias de turunas e geboés. Ele quer dominar toda a região e mostrar aos índios que é o grande chefe. Por isso me raptou. Menino branco é sagrado pra Inapirico. Achava que comigo ia ter mais poder. Roubou outros curumins índios.

— E com você, Jonas, como aconteceu o rapto? — indaguei.

— Estava com meu pai caçando. Tudo ia bem, até que me afastei dele, seguindo um rasto pra mim desconhecido. Eu queria saber o que era e me isolei do meu pai. Aí é que fui atacado. Inapirico estava com alguns curumins maiores, que me amarraram e amordaçaram. Não pude nem gritar. Tudo rápido, em silêncio.

— E por que Inapirico afastou-se tanto de sua aldeia? — perguntou Doutor Quizila.

— Não sei. Talvez pra encontrar um menino louro — disse Jonas. — Procurou, procurou e encontrou. Pra ele deve ter sido grande vitória. E viajamos dia e noite até a aldeia baré. Foi uma viagem horrível, cheia de sofrimento. De vez em quando Inapirico me dava uma coisa pra beber e eu me animava, e ia tendo consciência de que cada vez mais me afastava da fazenda de meu pai. Foi assim. Um pesadelo do qual ainda não acordei direito.

— Compreendemos o seu sofrimento, Jonas, e seu amadurecimento pra resistir e esperar — eu disse.

— O que me conservou vivo foi não ter me desesperado e ter mantido a calma. Sempre fingi que aceitava bem tudo o que Inapirico queria que eu fizesse. Mas não podia sair da aldeia porque o tuxaua e os curumins me pegariam, pois conhecem o território melhor do que eu. Mesmo sabendo sobreviver na floresta, o risco era muito grande. Eu, mais do que tudo, queria continuar vivo.

— O seu sofrimento agora acabou, Jonas — disse Doutor Quizila. — Está indo pra casa, para os braços dos seus pais.

— Parece mesmo um sonho bom, depois de tanto pesadelo. Mamãe vai ficar muito feliz. Papai. Todos na fazenda.

— Sua mãe nunca perdeu a esperança, Jonas — eu disse.

— Como disse o vaqueiro Rosa — comentou Doutor Quizila —, “o mundo não dá a ninguém inocência nem garantia”.

# 16

Restabelecido inteiramente do trauma da prisão e da fuga, Jonas agüentou muito bem a viagem puxada.

No rumo que tomamos, a Fazenda Buriti ficava antes da cidade de Cuiabá, pois havíamos preferido voltar pelo velho rio Verde, nosso conhecido e fornecedor de bom peixe.

Eu ainda estava curioso quanto à vida de Jonas na aldeia baré e lhe perguntei:

— Vimos a sua luta com Inapirico no pátio e naquela maloca. Duas lutas terríveis. Aprendeu a lutar daquele jeito com o tuxaua?

— Sim, aprendi com ele, embora meu pai já me tivesse ensinado alguns truques, murros e quedas de corpo. Inapirico me ensinou mais, mas não ficava satisfeito quando eu ganhava dele. Por isso perdi a luta lá no pátio da aldeia.

— A coisa toda fazia parte do seu fingimento — eu disse.

— Isso mesmo. Mas toda vez que lutava com Inapirico, tinha vontade de matar o tuxaua. Ele nunca conseguiu dominar a minha revolta. Às vezes eu perdia a noção do que estava me acontecendo. Me controlava. Eu queria viver. E esperei, esperei. Agora, os amigos Gavião Vaqueiro e Doutor Quizila me levam pra casa. Parece que estou longe de lá já faz uma eternidade. Não foi muito melhor esperar?

— Foi muito melhor, Jonas — disse Doutor Quizila. — Você agiu sabiamente, e sei que foi graças aos ensinamentos do seu pai.

— E, por estranho que pareça, graças também aos ensinamentos do pajé Inapirico — falei.

— É verdade — concordou Jonas. — Se eu tivesse sido criado com mimo e toda regalia, como queria minha mãe, sei que não teria resistido. Teria morrido naquela aldeia baré.

— O seu caso, Jonas, serve de alerta para muitos pais fazendeiros desta região amazônica — disse Doutor Quizila. — De nada adianta guardar os filhinhos num pedestal se o território é cheio de ameaças e perigos. A qualquer momento pode lhes acontecer uma coisa igual ao que sucedeu a você. Apesar disso sua mãe ainda parece culpar seu pai, lamentando que o tenha levado tão cedo para a floresta.

— Pois foi exatamente isso o que me salvou. Tudo o que aprendi com o pai me ajudou e muito. Sei que os amigos concordam comigo. Chegando lá, vou dizer isso pra minha mãe.

Eu e Doutor Quizila estávamos doidos pra chegar à Fazenda Buriti, talvez até mais ansiosos do que o próprio Jonas. É que queríamos ver, no rosto de dona Idalina e do coronel Torquato, o esplendor da felicidade, da alegria plena.

E foi isso exatamente o que aconteceu.

Numa bela manhã, cheia de sol e verde brilhante, céu muito azul, entramos na Fazenda Buriti.

Jonas já tinha reconhecido as proximidades do lugar, os caminhos, as árvores, o gado, e até os bichos miúdos — um sabiá cantava num pé de oiti e ele disse que era seu velho conhecido.

Dois peões, guardas do lugar, vieram nos receber na primeira porteira da fazenda.

— É o menino Jonas, filho do coronel Torquato — anunciei. — Ele foi encontrado.

Um dos homens saiu em disparada rumo à casa-grande — gritava e gesticulava, comemorando o acontecido. Mais adiante deu dois tiros com a sua carabina.

Não tardou e o próprio coronel veio ao nosso encontro.

— Louvado seja Deus — ele gritava. — Louvado seja Deus. Louvado seja nosso Senhor Jesus Cristo.

Abraçou longamente o filho, colocou-o na garupa do seu cavalo e mal falou comigo, saindo em disparada em direção à casa.

Ignorou também Doutor Quizila, que na última etapa da viagem trazia Jonas na garupa do seu cavalo.

Quando chegamos em frente à casa, ainda vimos dona Idalina abraçada ao filho, num pranto que parecia um murmúrio de dor e felicidade ao mesmo tempo.

— Um verdadeiro milagre — ela dizia, levantando de vez em quando as mãos para o céu.

Só então o coronel Torquato se dirigiu a nós, descendo do alpendre e nos dando um forte abraço.

— Muito obrigado aos meus dois grandes amigos — disse. — Como falou minha mulher, realizaram um verdadeiro milagre. Foram onde ninguém tinha ido e me trouxeram o que ninguém tinha conseguido.

— Tivemos muita sorte, coronel — eu disse.

— Sei que não foi somente sorte. Foi principalmente coragem. E determinação. Vou espalhar por toda parte o que fizeram. Nenhum bom caçador, nenhum bom mateiro, garimpeiro ou profissional da mata, os quais contratei a peso de ouro, conseguiram sequer uma pista do meu filho. E vocês dois fizeram o que parecia já impossível: trazer o meu Jonas de volta pra casa, são e salvo.

O coronel se afastou um pouco de nós, ainda ali em frente à sua casa, e perguntou:

— O que posso fazer por vocês, meus amigos?

Olhei para Doutor Quizila, que disse:

— Cumprimos o nosso trato, coronel. E estamos também felizes por isso. A felicidade da família do coronel também é nossa, também nos atinge.

— Sei, sei... mas quero que peçam mais alguma coisa de mim. Peçam o que quiserem...

— Nada disso, coronel Torquato — eu o interrompi. — Queremos apenas o restante do pagamento combinado. Nada mais. Como disse Doutor Quizila, a felicidade da família do coronel também é nossa. Só isso já é um grande pagamento.

— Isso porque vocês dois são homens bons, de coração aberto e sensíveis. Nunca vou me esquecer do Gavião Vaqueiro e do Doutor Quizila.

Dona Idalina acabou por ir também ao nosso encontro, abraçada ao filho. O rosto molhado, trêmula, nos estendeu a mão fria e agradeceu comovida:

— Eu tinha ainda esperanças... mas não sei... não sei...

De vez em quando ela passava a mão no rosto do filho, achando-o queimado de sol e maltratado.

Não se cansava de dizer, como se falasse para uma criancinha de colo:

— Agora meu filho vai descansar e se alimentar melhor, pra recuperar o que perdeu com tanto sofrimento. E nada mais dessas saídas doidas pela floresta com seu pai. Vai ficar agora agarrado à minha saia, quer queira ou não.

Jonas e o coronel se entreolharam e sorriram. Eu e Doutor Quizila acompanhamos os dois, reconhecendo que, não fossem aquelas saídas para a caça e o aprendizado da mata, Jonas jamais teria voltado para casa.

Estranho pensar nisso, mas esta era a realidade.

Nessa nossa aventura, afinal, tudo fora um tanto estranho e cheio de surpresas, como se o próprio destino das pessoas envolvidas fosse um grande livro aberto para servir de ensinamento a todos nós.

Ficamos na casa do coronel Torquato ainda por dois dias, sendo tratados a pão-de-ló, como se diz. Quarto especial de hóspedes, roupa limpa, refeições ao lado do casal e do filho. Fazíamos parte agora da família do fazendeiro — era o que dona Idalina alardeava a todo momento.

O coronel Torquato ainda fez questão de trocar os nossos cavalos, que estavam cansados e magros, por animais mais novos e de melhor raça: dois pantaneiros de peito largo, bons de rédea e de marcha.

Jonas, nos dias em que ficamos na fazenda de seu pai, mostrou-se alegre e confiante, sempre nos dizendo que a experiência amarga que vivera também tivera o seu lado positivo, no que concordava o coronel:

— Ele agora está mais amadurecido. O que eu queria que Jonas aprendesse com o meu ensinamento na floresta, ele aprendeu mais rápido naquela aldeia baré.

Um dia, pela manhã, nos despedimos da Fazenda Buriti e da família do coronel Torquato.

— Gavião Vaqueiro, Doutor Quizila, aqui em casa vocês serão bem-vindos a qualquer momento e têm emprego garantido — disse o fazendeiro.

— Nunca vou esquecer de vocês dois — falou dona Idalina. — E serão sempre lembrados nas minhas orações.

— Eu também não vou me esquecer do Gavião Vaqueiro e do Doutor Quizila — disse Jonas. — Será que um dia voltaremos a viajar pela floresta?

— Quem sabe? — disse Doutor Quizila, e eu repeti:

— Quem sabe?

Meu amigo ainda falou:

— "O filho é sábio quando há disciplina da parte do pai".

O coronel Torquato retrucou:

— Já que citou a Bíblia, Doutor Quizila, quero me despedir de vocês com estas palavras: Jonas será mais amado e vestido e calçado da melhor maneira, "porque este meu filho estava morto e voltou a viver novamente; estava perdido, mas foi achado".

Demos adeus com um acenar de mão e seguimos nosso caminho.

Eu e Doutor Quizila tínhamos deixado para trás uma das nossas mais estranhas aventuras.

Voltamos a Cuiabá, à velha Pensão Narciso, meditando sobre as palavras do vaqueiro Rosa: "Nada de teus esforços se perde nesse caminho".

A aventura do livro começa cedo na vida do piauiense Assis Brasil: aos dezesseis anos, já morando em Fortaleza, escreve *Aventura no mar*, retratando a vida dos jangadeiros cearenses.

Do Ceará muda-se para o Rio de Janeiro, onde estuda Jornalismo, faz crítica literária e continua escrevendo livros de aventuras, que agora são muitos. Os últimos a serem publicados foram: *A caçadora do Araguaia*, *O sábio e o andarilho*, *Quatro-orelhas, um guerreiro kraô* e *Coração de jacaré.*

O personagem Gavião Vaqueiro aparece em várias dessas histórias empolgantes: aqui, em *Yakima*, dá verdadeiras aulas de conhecimento da floresta e de sobrevivência na mata. Dono de um profundo conhecimento dos problemas amazônicos, é certo que muita coisa na literatura de Assis Brasil seja verídica.

# COLEÇÃO JABUTI

4 Ases & 1 Curinga
Adeus, escola ▼◆🗐☒
Amazônia
Anjos do mar – O tesouro da Ilha dos Golfinhos
Aprendendo a viver ◆⌘
Artista na ponte num dia de chuva e neblina, O ✻★
Aventura alucinante
Aventura na França
Awankana, o segredo da múmia inca ✎☆
Baleias não dizem adeus ✻🕮
Bilhetinhos
Blog da Marina, O
Boa de garfo e outros contos ◆✎⌘
Botão grená, O ▼✎
Braçoabraço▼⚐
Caderno de segredos ❏◎✎🕮
Cajueiro sem sombra
Carrego no peito
Carta do pirata francês, A ✎
Casa de Hans Kunst, A
Cérbero, o navio do inferno 🕮☑
Chico, Edu e a oitava série
Ciclo da soja, O ⌘
Clube dos Leitores de Histórias Tristes
Com o coração do outro lado do mundo
Corisco, o último cavalo selvagem ⌘
Da costa do ouro ▲
Da matéria dos sonhos 🕮☑
De Paris, com amor ❏◎★🕮 ⌘☒
Delicadezas do espanto
Desafios do rebelde, Os
Desprezados F. C.
Deusa da minha rua, A 🕮
Dorotéia, extensão sac
Dúvidas, segredos e descobertas
É tudo mentira
Enigma dos chimpanzés, O
Enquanto meu amor não vem ●✎
Espelho maldito ▼✎⌘
Estranho doutor Pimenta, O
Eu, bruxa ✪⚐
Fantasmas
Fantasmas da rua do Canto, Os ✎
Firme como bóia ▼
Florestania – a cidadania dos povos da floresta ✎
Furo de reportagem ❏✪◎🕮⚐
Futuro feito a mão
Guerra das sabidas contra os atletas vagais, A
Herdeiro de Aranda, O ◆
Hipergame ✍🕮
História de Lalo, A ⌘
Histórias do mundo que se foi ▲✎
Homem que não teimava, O ◎❏✪⚐
Jeitão da turma, O ✎
Leão da noite estrelada, O ●❏☺ ✈🗐✎◎☑
Lelé da Cuca, detetive especial ☑
Lia e a sexta série ✎
Liberdade virtual ✎
Lobo, lobão, lobisomem
Machado e Juca †▼●☞☑
Mariana e o lobo Mall 🕮
Márika e a sétima série
Marília, mar e ilha 🗐✑✎
Mataram nosso zagueiro
Matéria de delicadeza ✎☞
Melhores dias virão
Menino e o mar, O
Mensageiro Alado, O☞
Miguel e a quinta série ✎
Minha querida filhinha
Mistério de Ícaro, O ✪⚐
Mistério mora ao lado, O ▼✪
Mochila, A
Motorista que contava assustadoras histórias de amor, O ▼● 🗐
Na mesma sintonia
Na trilha do mamute ■✎☞
Não se esqueçam da rosa ♠
Oh, Coração!
Passado nas mãos de Sandra, O ▼◎
Porta a porta ■🗐❏◎✎⌘
Porta do meu coração, A ◆⚐
Primavera pop! ✪🕮⚐
Que tal passar um ano num país estrangeiro?
Quero ser belo ☑
Redes solidárias ◎▲❏✎⚐
Riso da morte, O
romeu@julieta.com.br ❏🗐⌘
Rua 46 †❏◎⌘
Sabor de vitória 🗐
Sardenta ☞🕮☑
Se ele vier… ▲
Segredo de Estado ■☛
Sendo o que se é
Sete casos do detetive Xulé
Só entre nós – Abelardo e Heloísa
Só não venha de calça branca
Sótão da múmia, O ✪⌘
Surpresas da vida
Táli ☺
Triângulo de fogo
Um balão caindo perto de nós
Um dia de matar! ●
Um e-mail em vermelho
Um sopro de esperança
Um trem para outro (?) mundo ✖
Uma janela para o crime
Vera Lúcia, verdade e luz ❏◆◎
Viva a poesia viva ●❏◎✎🕮
Viver melhor ❏◎
Yakima, o menino-onça ❦✍
Zero a zero

★ Prêmio Altamente Recomendável da FNLIJ
☆ Prêmio Jabuti
✻ Prêmio "João-de-Barro" (MG)
▲ Prêmio Adolfo Aizen - UBE
✑ Premiado na Bienal Nestlé de Literatura Brasileira
☛ Premiado na França e na Espanha
☺ Finalista do Prêmio Jabuti
❦ Recomendado pela FNLIJ
✖ Fundo Municipal de Educação - Petrópolis/RJ
✪ Fundação Luís Eduardo Magalhães
● CONAE-SP
▼ Selecionado pela Secretaria Municipal de Educação (RJ)
■ Selecionado pelo Departamento de Bibliotecas Infanto-juvenis da Secretaria Municipal da Cultura de São Paulo
◆ Programa Uma Biblioteca em cada Município
❏ Programa Cantinho de Leitura (GO)
♠ Secretaria de Educação de MG/supletivo de Educação de Jovens e Adultos - Ensino Fundamental
☞ Acervo Básico da FNLIJ
✈ Selecionado pela FNLIJ para a Feira de Bolonha/96
✎ Programa Nacional do Livro Didático
🕮 Programa Bibliotecas Escolares (MG)
✍ Programa Nacional de Salas de Leitura
🗐 Programa Cantinho de Leitura (MG)
◎ Programa de Bibliotecas das Escolas Estaduais (GO)
† Programa Biblioteca do Ensino Médio (PR
⌘ Secretaria Municipal de Educação de Sã Paulo
☒ Programa "Fome de Saber", da Faap (SP
⚐ Selecionado pela Secretaria de Educaçã e Cultura da Bahia
☑ Prefeitura de Santana do Parnaíba (SP)